Katja Beisser-Apetz

# Antje Brons

# Das weiße Blatt

## Ein außergewöhnliches Frauenleben im 19. Jahrhundert

Die Kraft eines Menschen
ist auch seine Schwäche und umgekehrt.

*Fragment aus einem Gedicht*
*von Antje Brons, März 1869*

Katja Beisser-Apetz

## Antje Brons

# Das weiße Blatt

Ein außergewöhnliches Frauenleben
im 19. Jahrhundert

Schardt Verlag Oldenburg

Originalausgabe – Erstdruck

Bibliographische Information der Deutschen Bibliothek:
Die Deutsche Bibliothek verzeichnet diese Publikation in *Der Deutschen Nationalbibliografie*; detaillierte bibliographische Daten sind im Internet über *www.d-nb.de* abrufbar.

Verlag und Autorin danken:

der Gerhard ten Doornkaat Koolman Stiftung, Emden,
für die freundliche Unterstützung

dem Bildarchiv der Johannes a Lasco Bibliothek, Emden
(alle Bilder mit freundlicher Genehmigung der Eigentümer freigegeben), und Claas Brons für die Bereitstellung des Bildmaterials

1. Auflage 2011
2. Auflage 2013

Schardt Verlag * Uhlhornsweg 99 A * 26129 Oldenburg
Tel.: 0441-21 77 92 87 * Fax: 0441-21 77 92 86

www.schardtverlag.de * E-Mail: kontakt@schardtverlag.de

Druck: Aalexx Buchproduktion, Großburgwedel

ISBN 978-3-89841-576-7

Jedes Jahrhundert schreibt Geschichte und hinterlässt Geschichten der Menschen, die ihre Zeit nach den jeweiligen Anforderungen und Aufgaben mitgestaltet und gelebt haben. Das 19. Jahrhundert war im Rückblick ein besonders bewegtes; große Veränderungen nahmen im Denken wie im täglichen Leben zunehmend Raum ein. Nie zuvor war der Fortschrittsglaube stärker oder selbstsicherer; er basierte auf den revolutionären wissenschaftlichen Erkenntnissen der vorangegangenen zwei Jahrhunderte. Fortschritt herrschte auch in der Politik, wo der Drang zur Freiheit und Selbstregierung mehr und mehr das Bürgertum erfasste. Beamte, Ärzte, Anwälte und Unternehmer strebten im Staat und in der Gesellschaft empor, die ihren Status nicht ererbt hatten, sondern an Leistung, Fleiß und Bildung glaubten und damit den Stil eines neuen Zeitalters prägten. Die Zeit und mit ihr die Entwicklung schritt vorwärts im Ökonomischen, in der Errichtung von Fabriken, Banken und Versicherungsgesellschaften. Sie schritt vorwärts in den Bevölkerungszahlen, der Erhöhung der Produktion, der Beschleunigung des Verkehrs. Diese Zeit war politisch wie gesellschaftlich der Aufbruch in die Moderne, hier wurde der Grundstock für ein Leben gelegt, das heute Alltag bedeutet – mit allem Verlust wie auch Gewinn für den Menschen. Die gravierenden Veränderungen nahmen auch Einfluss auf das Leben der Frauen. Zu Beginn dieses Jahrhunderts aber war ihr Bild eher noch gesichts- und geschichtslos, reduziert auf die Rolle der Gattin und Mutter. Noch war die Vernunftehe mit den sachlichen Kriterien von Vermögen, Bildung und Status bestimmend, wenn auch die Epoche der Romantik den Gedanken der Liebe in die Herzen gebracht hatte. Eingeengt wie in einem Korsett – dem modischen Diktat dieser Zeit –, erlebten viele ihre persönliche Lebensgestaltung in einer Gesellschaft, die sogar die ebenbürtige geistige Fähigkeit von Mann und Frau leugnete. Aber es gab Ausnahmen, ja Berühmtheiten wie die deutsche Pianistin und Komponistin Clara Schumann (1819-1896) oder die deutsche Dichterin und Komponistin Annette von Droste-Hülshoff (1797-1848).

Nicht berühmt, aber in Fachkreisen bekannt ist Antje Brons, deren Leben in Ostfriesland in einer Randlage Deutschlands alle Besonderheiten dieser bewegten Zeit widerspiegelt. Von diesem Standort aus begleitete sie auf ihre Weise das umwälzende Geschehen in der Geschichte. Dabei erfüllte sie die ihr vorgegebene Rolle als Ehefrau und Mutter von elf Kindern ebenso wie die der wissenschaftlichen Schriftstellerin. Sie war Mennonitin, Angehörige einer Glaubensgemeinschaft, die seit Bestehen im 16. Jahrhundert heftigen Anfeindungen und Verfolgungen ausgesetzt war. Dies alles hinderte sie nicht daran, ihr Leben über das gewöhnliche Maß hinaus zu gestalten. Antje Brons leistete dies aus eigenem Antrieb und Anspruch, getragen von einem tiefen religiösen Glauben und den Wurzeln des friesischen Stammes, der sich in der Geschichte durch seinen eigenen Freiheitsgedanken eine besondere Stellung erkämpft hat. Mit diesen persönlichen Voraussetzungen ging sie ihren Weg, und – was viel wichtiger ist – sie hinterließ ihre Lebenserinnerungen in vierundzwanzig Briefen an ihren Sohn Claas. Damit hat sie ein Dokument geschaffen, das all die Gedanken und Fragen, die Mühen des Alltags, die Freuden und Leiden des 19. Jahrhunderts aufzeigt. Dies alles lässt einen staunen und wundern zugleich, wozu ein Mensch – eine Frau – fähig ist.

*Katja Beisser-Apetz, im Oktober 2010*

Leise quietscht die flache Eisenpforte in den Angeln, ein schmaler Pfad aus Muschelkies tut sich vor mir auf. Rote und gelbe Begonienköpfe strecken zwischen dichtem Grün aus Efeu und Farn ihre kleinen Köpfe dem Licht entgegen, das spärlich durch das mächtige Blätterwerk einer uralten Trauerbuche auf diesen Raum der Stille fällt. Eine Fülle von Grabsteinen erhebt sich scheinbar ohne feste Ordnung zwischen all den wuchernden Sträuchern, und doch spürt man eine pflegende Hand. Erhaben und zugleich schlicht bildet eine weiße Marmortafel das Zentrum dieser Grabstätte. Die Zeit hat ihre Spuren an dem Gestein hinterlassen, teilweise ist das ehemals strahlende Weiß nunmehr ergraut, die schwarze Inschrift in Zügen ermattet, die Botschaft hingegen ist klar und deutlich:

Hier ruht die irdische Hülle von

Ysaac Brons<br>
Geb. 3. April 1802<br>
Gest. 12. März 1886

Antje Brons,<br>
geb. Cremer ten Doornkaat<br>
Geb. 23. Nov. 1810<br>
Gest. 2. April 1902

Darin eingebettet ein Bibelvers, der zunächst so einfach scheint und dann eine Fülle von Fragen und Gedanken aufwirft: „Gott hat uns das Pfand des Lebens, den Geist, gegeben“. Wenn diese Erkenntnis am Ende stand, können diese verbundenen zwei Leben keine gewöhnlichen gewesen sein. Es ist Zeit, dass der Weg um dieses Wissen wieder mit Leben erfüllt wird.

Die Feder fällt der fast achtzigjährigen Antje Brons aus der Hand. Seit nahezu vier Jahren schreibt sie ihre Lebenserinnerungen nieder, nun ist sie fast am Ende. Tränen laufen über ihr Gesicht, ihr Blick sucht Halt am sanft vorbeiziehenden Gewässer am Garten ihres Teehauses. Überwältigt von den Bildern der Vergangenheit, verschafft sich ihr übervolles Herz Raum und Luft. Sie, die sonst so mühelos Seite um Seite mit Worten füllt, hinterlässt nun bei der Aufzeichnung ihres Lebens den Nachkommen ein weißes, leeres Blatt Papier. Sollen darauf die Kinder die Einzelheiten niederschreiben von diesem Tag, ihrer Goldenen Hochzeit –, sie selbst vermag es nicht.

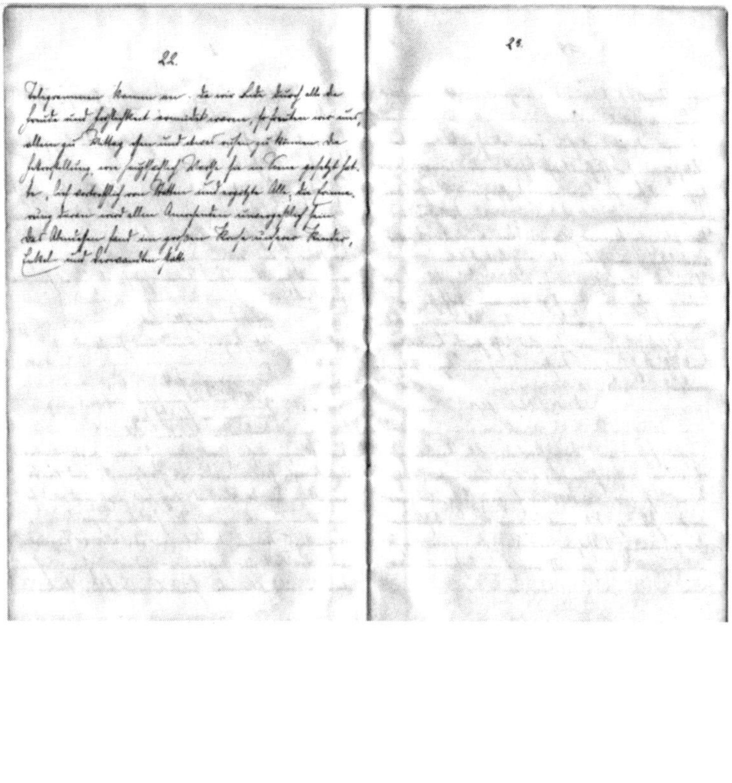

Nur zwei Stunden bleiben der neunzehnjährigen Antje, um sich herzurichten. Seit der frühen Dämmerung ist sie über Wasser und Land gereist, um am späten Nachmittag ihr Ziel zu erreichen. Es sind eigentlich nur rund dreißig Kilometer, die zwischen ihrer Geburtsstadt Norden und ihrer künftigen Heimat Emden liegen, eine Strecke, die wir heute bequem in einer halben Stunde mit dem Auto zurücklegen. Doch 1830 stellt das weite Land Ostfriesland im äußersten Nordwesten Deutschlands noch beim Reisen besondere Anforderungen. Nur wenige Monate gibt es einen direkten Weg zwischen den beiden Städten, dazwischen liegen Runddörfer zum Schutz vor Sturmfluten auf Erdhügeln, den Warfen. Der kleiige Marschboden, seit dem 11. Jahrhundert dem Meer abgerungen, lässt ein Befahren nur bei Trockenheit zu, jetzt, im späten Herbst, am 12. November, muss die festere Strecke über die sandige Geest und Aurich gewählt werden. Hier gibt es immerhin ein Mittagessen. An ihrer Seite ist Ysaac Brons, der künftige Gemahl, der Antje heimholt und ihr am selben Tag den Ring überstreift. Es ist nur eine kleine Hochzeit im Vorderzimmer der Schwiegermutter, ein Todesfall in der Familie der Braut lässt größere Feierlichkeiten nicht zu. Daran, den Termin zu verschieben, denkt das junge Paar offensichtlich nicht. Zu schwer haben sie sich diesen gemeinsamen Weg erkämpfen müssen.

Glück ist ein Wort, das bisher im Leben der jungen Antje wohl eher selten eine Rolle gespielt hat. Das Schicksal schlägt schon früh mit besonderer Härte zu. Ihre Mutter Antje, geb. Cremer, verstirbt mit zweiunddreißig Jahren im Kindbett, fast auf den Tag acht Monate nach ihrer Hochzeit. Nur wenige Tage ist das kleine Mädchen alt, als der Vater das Kind der Familie des Schwagers übergibt. Nie wird die kleine Antje in die väterliche Obhut zurückkehren, und damit ist ihr Weg besiegelt. Sicher ist der Vater in seiner Not überfordert, Antje ist das erste Kind, und dadurch können erprobte Familienstrukturen im Haushalt nicht vorhanden sein. Aber auch spielen sehr praktische Gründe eine Rolle. Der Vater, Jan ten Doornkaat Koolman, ist mit seinen siebenunddreißig Jahren wohl ein Mann mit Visionen und von sorglosem Frohsinn, Ehrlichkeit und Kraft, geschäftlich denkt er ans Gelingen, aber erst an zweiter Stelle an den Gewinn. Erst fünf Jahre zuvor ist er aus den Niederlanden wie viele seiner Landsleute ins benachbarte Ostfriesland ausgewandert, um sich eine eigene Existenz als Geneverbrauer aufzubauen. Viele Jahre später werden die Nachkommen dieses Mannes die Früchte dieser kleinen Brennerei ernten, fünf Generationen werden den Namen Doornkaat zu einem Begriff werden lassen. Dies ist aber vier Jahre nach der Gründung nicht zu erkennen. Daher scheint der Schwager, Sicco Doden Cremer, geeigneter, dem Kind ein Zuhause zu geben und die Mitgift der verstorbenen Mutter mündelsicher zu verwahren. So wächst Antje im Haus ihres Onkels in Norden auf, dessen Frau Jantje und die beiden Cousinen Peta und Menna, sieben und vier Jahre alt, sind von nun an ihre Familie. Schon früh zeigt sich, dass diese für die Erwachsenen gute Lösung offensichtlich Spuren hinterlässt.

Der vierunddreißigjährige Sicco Doden Cremer ist Geschäftsmann und Besitzer mehrerer Ländereien, ein markiger Typ. Die Familie gilt als wohlhabend, ja reich. Seine gleichaltrige Frau liebt im Gegensatz zu ihrem Mann Prunk, Feinheit und Eleganz; dieser sitzt ein Leben lang auf einem gewöhnlichen Stuhl statt auf dem Sofa, isst die einfachsten Speisen, zeichnet sich durch klares Urteilsvermögen und scharfen Verstand aus. Aber er ist auch ein sehr empfindsamer Mensch, der seinem christlichen Glauben eng verbunden ist. Als 1825 die Deiche der Nordsee nicht mehr standhalten können und das Meer die fruchtbaren Marschländereien überschwemmt und verwüstet, erlässt er seinen Pächtern sofort ihre Zahlungen. Seine ernsten Züge zeigen wenig von seiner menschlichen Wärme. Für das Kind Antje bedeuten die Male in seinem pockennarbigen Gesicht ein besonderes Zeichen. Da weiß sie noch nicht, dass diese das Siegeszeichen eines starken Körpers sind, denn im 18. Jahrhundert haben nur die kräftigsten und widerstandfähigsten Kinder diese Krankheit besiegen können.

Das Cremersche Haus mit großem Garten liegt direkt am Marktplatz, einer weiten, von alten Giebelhäusern umgebenen, ungepflasterten Fläche. Hier umsäumen hohe alte Lindenbäume die lutherische Ludgerikirche, die sich aus katholischer Zeit auf einem wölbenden Friedhof erhebt. Antje wird der Familientradition folgend im mennonitischen Glauben erzogen; die Mennonitenkirche, ein 1662 erbautes Patrizierhaus im niederländischen Barock, liegt in der Nachbarschaft des Zuhauses. Diese Täuferbewegung der Reformationszeit ist im frühen 16. Jahrhundert in Ostfriesland neben einer ähnlichen Strömung in der Schweiz entstanden. Aber die später aus der Vereinigung beider Bewegungen hervorgegangenen Mennoniten sind und bleiben eine Minderheit, die zwar geduldet wird, deren Ablehnung menschlicher oder staatlicher Autorität jedoch immer wieder für Kritik und Ausgrenzung sorgt. Diese protestantische Glaubensbewegung trägt den Namen ihres Einigers und Führers Menno Simons (1496-1561). Sein Hauptmotiv ist die Verteidigung der uneingeschränkten Autorität Christi und seines Wortes sowie die Eigenverantwortung des Menschen vor Gott. Die Mennoniten wollen vor allem mit den Lehren der Bergpredigt Ernst machen und sie im täglichen Leben verwirklichen; sie vertreten insbesondere den Grundsatz der bedingungslosen Feindesliebe, lehnen Krieg,

Wehrdienst, staatlichen Zwang und Eidesleistung grundsätzlich ab, ebenso die Kindertaufe. Stattdessen praktizieren sie die Erwachsenentaufe und werden deshalb auch Taufgesinnte oder Täufer genannt. Verschiedene selbständige Gemeinden sind entstanden, in Ostfriesland gibt es heute noch drei von ihnen; in Emden, Norden und Leer. Dieser Glaube wird bestimmend sein für das Leben Antjes.

Antje ist drei Jahre alt, als aus der zweiten Ehe ihres Vaters wiederum ein Kind geboren wird. Sie hat jetzt eine Halbschwester, sechs weitere Geschwister werden hinzukommen. Daran, Antje in die Familie zurückzuholen, wird offensichtlich nicht gedacht, vielmehr übernimmt der Onkel auf Wunsch des leiblichen Vaters auch die Vormundschaft. Gute Argumente dafür und dagegen sind auch heute schnell bei der Hand. Sollte es überhaupt zu solchen Gedanken gekommen sein, wird Antje als Kind davon mit Sicherheit nicht erfahren haben. Sie sieht dagegen nur eine Familie heranwachsen, zu der sie eigentlich gehört und auch wieder nicht. Mit diesen Gefühlen bleibt sie letztendlich allein und wird von ihnen geprägt. Heute, im 21. Jahrhundert, wissen wir natürlich viel mehr über die Psyche eines Kindes. Im frühen 19. Jahrhundert wurden Kinder als kleine Erwachsene gesehen. Rückblickend ist so den Menschen um Antje kein Vorwurf zu machen. Sie haben das getan, was sie für richtig hielten, nicht verstehend, dass ein Kind sehr wohl ein feines Gespür für Verlust oder absolute Elternliebe haben kann.

Schon früh erfährt sie, dass die Religion ihr helfen kann: *Meine mutterlose Kindheit wurde erhellt und erwärmt durch eine liebe und milde Verwandte; sie lehrte mich beten.* Jeden Sonntag geht sie zur Kirche, *und wenn ich auch nicht viel von der Predigt verstand, so überkam es mich doch bei der stillen, gesammelten Andacht der Gemeinde wie eine Fühlung mit einer inneren unsichtba-*

*ren, heiligen Welt.* (Antje Brons in: B. Brons, Lebensbild, S. 8) Ihr Abendgebet umschließt die Sterne: „Der Tag ist nun vergangen, die goldnen Sternlein prangen dort an dem Himmelszelt.“ (Ebd.) Der Abendstern steht für ihre unbekannte Mutter. Nein, sie kann nicht tot sein, sondern lebt auf dem funkelnden Stern, der sie ein Leben lang begleiten und ihre Fragen an das Leben beantworten wird. Ein glückliches Kind, das abends allein im Garten auf dem knorrigen Auswuchs einer alten Linde sitzt und Zwiesprache mit den Sternen hält? Nein, sie gilt als verträumt, doch dies findet nicht gerade Gefallen bei den Pflegeeltern, hier speziell der erziehenden Tante. Antje wird deswegen oft gescholten und bestraft, umso mehr zur Arbeit angehalten. Doch sie bewahrt sich ihre Traumwelt und sucht Zuflucht im Gebet. Sie hat den gütigen Gott gefunden, so wie er auch in der Mennonitenkirche gepredigt wird: *Bei allem religiösen Ernst war doch keine Neigung zur Kopfhängerei in der Gemeinde vorhanden. Das Gefühl der Zusammengehörigkeit unter den Mitgliedern war ein lebhaftes, aber man pflegte auch gerne freundschaftliche, ja oft innige Beziehungen zu Angehörigen und Predigern der übrigen Gemeinden, und mit der Hülfsbereitschaft für Glaubensgenossen ging thätige Liebe zu anderen Mitmenschen gepaart. Anständiger Lebensfreude war nach allen Seiten hin Raum gelassen, namentlich wurde Musik und Gesang gepflegt. Wie man heitere Geselligkeit liebte und gastfrei war, so tadelte man andererseits unangemessenen Luxus, hoffährtiges Auftreten, überhaupt alles Scheinwesen und unpassenden Umgang.* (Antje Brons, Ursprung, Vorwort, S. 8) Hier spricht der Pastor nicht mit lauter Stimme über die Köpfe der Gemeinde hinweg, sondern in ruhiger, vertraulicher Weise, wie zu Freunden. Von Teufel und Hölle ist nicht die Rede. *Als ich dann im Verfolg an dem Religionsunterricht unseres Predigers teilnahm, bei welchem das ‚Apostolische Glaubensbekenntnis‘ einfach bei Seite ge-*

*lassen wurde, fühlte ich mich so sicher, daß ich mit einem gewissen Siegesgefühl die Geringschätzung und den Spott, den ich als Mennonitin von anderen Kindern oft auszuhalten hatte, ertrug und mich mit Aussprüchen aus der Bibel dagegen deckte.* (Antje Brons, Ursprung, Vorwort, S. 7)

Natürlich gibt es auch ein Schulkind Antje. Da es noch keine Straßenbeleuchtung gibt, ziehen die Kinder im Winter mit Laternen zur lutherischen Schule, der einzig vorhandenen Volksschule: *So hatte auch jedes Kind, das zur Abendschule mußte, eine Handlaterne, wie ich selbst auch in meiner Jugend, die ich, nachdem ich sie ausgeblasen hatte, wie die anderen Kinder unter den Schultisch auf ein dazu angebrachtes Brett legte, um sie nachher bei dem auf diesem schrägen Tische in ein Loch gestecktes Talglicht wieder anzuzünden. Oft geschah es auch, daß böswillige Knaben, mit denen die Mädchen zusammen zur Schule gingen, uns die Laternen wieder ausbliesen und wir im Finstern nach Hause tappen mußten.* (19. Brief, S. 293) Hier beschränkt sich der Unterricht auf das Schreiben und Rechnen und in der Hauptsache Bibellesen. Die Kinder sitzen auf ihren Bänken vor einem großen, schwarzen Brett mit allen Buchstaben des Abc, die gemeinsam mit lauter Stimme aufgesagt werden, bis man sie alle im Kopf hat. *Die Rechtschreibung erlernten wir später in einer anderen Abteilung in demselben* [sic!] *Raume nach „Zwei Handebreit lang und eine breit" Karten, auf denen Wörter und kleine Sätze unrichtig gedruckt waren, wir mußten sie nach Angabe des Lehrers richtig stellen. Zum Schreiben musste der Kustos die Gänsefedern schneiden, die bankweise ausgeholt wurden.* (Antje Brons in: B. Brons, Lebensbild, S. 10) Gehorsam, Fleiß, Ordnung und Sauberkeit sind die obersten Regeln, harte Strafen sind den Lehrern erlaubt, um ihre Vorstellungen von Disziplin durchzusetzen. Erst um 1960 wird die körperliche Züchtigung in den

Schulen verboten. Aber: Antje lernt Lesen und Schreiben in einer Zeit, in der noch knapp die Hälfte der Bevölkerung dazu nicht in der Lage ist. Nach der Volksschule erhält sie weiter privaten Unterricht, ein Privileg, das sie zu nutzen weiß. Überhaupt scheint sie neugierig zu sein, wie es eben Kinder sind. Mit anderen tummelt sie sich auf dem Marktplatz, der einmal im Jahr mit dem Pfingstmarkt für besondere Wunder und Genuss sorgt. *Wie manches Mal haben mich nicht die majestätischen Linden mit dem frischen Grün im Frühling, mit dem Zwitschern, Singen, Hüpfen und Jagen der Vögel in ihren Zweigen, mit ihrer Blütenpracht und ihrem Duft im Sommer ergötzt! Wie habe ich mich nachher in der engen Straße in Emden nach ihnen gesehnt!* (Antje Brons in: B. Brons, Lebensbild, S. 8) Im Herbst fegen die Kinder die dürren Blätter zusammen und ordnen sie zu Spielen in Kreisen und Vierecken, so wie die Phantasie es eingibt. *Wenn im Herbst die Blätter der Linden fielen und die Glocken durch den Nebel dumpfer tönten als sonst, beschlich mich oft ein wehmütiges Gefühl. Aber die Lebenslust war bald wieder oben, wenn die Sonne durchbrach.* [...] *Erhoben sich Nordweststürme und jagten die Nordsee gegen die Deiche, dann konnte man oft deutlich das Brausen des Meeres hören. Bisweilen lag bei solcher Gelegenheit morgens auch eine Linde entwurzelt auf dem Marktplatze am Boden. Dann schaukelten wir Kinder uns nach Herzenslust in den Zweigen.* (Antje Brons in: B. Brons, Lebensbild, S. 9) Auch kommen im Winter wandernde Schauspieltruppen nach Norden, die in einer Scheune Stücke aufführen, wobei die Hähne oben auf den Querbalken des Dachstuhls wegen der „Ruhestörung" mitkrähen. Antje besucht auch Gottesdienste und Beerdigungen in der lutherischen Ludgerikirche, hier findet sie ihre goldenen Sterne am Gewölbe. *Sinnend habe ich die Bahre und dann die alten Gemälde in der Kirche betrachtet und zu dem hohen Gewölbe aufgeschaut* [...]. *Auch diese Eindrücke wurden ein Gegengewicht gegen manches Häßliche und Verderbliche. Wie manchesmal auch habe ich an dem schönen alten Taufbecken im Chor Kinder taufen sehen; allein es machte jedesmal auf mich den Eindruck, als sei es ein Geschäft. Hörte ich dann denselben Prediger, der am Grab mein Empfinden tief erregt hatte, in der Kirche von der hohen Kanzel herunter auf die Menge mit lauter Stimme einreden, so daß es durch den Raum schallte, dann kam es mir vor, als ob seine Worte an den Wänden anprallten und nicht in die Seelen drängen.* (Antje Brons in: B. Brons, Lebensbild, S. 9)

Neben der Mennonitenkirche gibt es Freiwohnungen für Bedürftige. Vor allem Witwen mit Kindern leben hier, eine davon besucht Antje regelmäßig: *[...] in ihrer kleinen Stube sah ich keine furchteinflössende* [sic!] *Bilder, wohl aber zog ihr kranker Sohn meine Aufmerksamkeit auf sich, ein Schuster, der stets fleißig arbeitete, trotzdem schleichende Schwindsucht an seinem Leben nagte. Seine Geduld im Leiden flösste mir Ehrfurcht ein und seine friedliche Leiche war die erste, welche ich sah; der Schrecken vor dem Tode ward mir durch sie benommen.* (Antje Brons, Ursprung, Vorwort, S. 8)

Mit zwölf Jahren erlebt sie, wie ihre Cousine Menna von der Schwindsucht dahingerafft wird. Junge Männer der Stadt, eine weiße Rose im Knopfloch tragend, schultern den Sarg von der Mennonitenkirche zum Kirchhof. Mit gemischten Gefühlen erlebt sie die umfangreichen Vorbereitungen für das Begräbnis, da nach der Bestattung dem Brauch folgend alle Trauergäste im Sterbehaus empfangen und bewirtet werden: *Stuben mußten ausgeräumt, beim Bäcker zwei Sorten großer Kringel bestellt werden, fingerlange und -dicke Stücke Käse geschnitten werden, welche zu der einen Sorte gegessen wurden* [...], *wozu Weißwein gereicht wurde, nachdem der Tee getrunken war.* [...] *Unsere alte Antjemöj, die in der ganzen Gemeinde bei dergleichen half, kam mir fast wie eine Lichtgestalt in der großen Menschen-*

*menge vor, die in allen Stuben, sogar bis in die Küche verteilt, sich befand. Die Männer saßen still und würdig mit ihren langen tönernen Pfeifen in ihrem schwarzen Anzug da, mit dem zugleich eine Art, wenn auch ernster, Feststimmung in sie eingezogen war. Die Frauen, denn diese waren nur Familienglieder, saßen mit ihren Männern in einem besonderen Zimmer. Allmählich jedoch hörte man ein leises Murmeln, welches, als der Weißwein vielleicht seine Wirkung tat, in etwas lauteres Sprechen überging, bis dann alle sich entfernten und nur der Prediger noch einige Zeit mit der Familie zusammen blieb.* (15. Brief, S. 239f) Aber sie hört ihren Ziehvater sagen, dass dieser fest an eine Fortdauer und an ein Wiedersehen nach dem Tod glaubt.

Mit sechzehn Jahren spürt sie eine *Kälte und Leere* (Antje Brons in: B. Brons, Lebensbild, S. 12) des Gemüts. Sie hat schreckliche Träume und kann sich selbst nicht mehr begreifen. Sie schreibt. 1826 ordnet sie das Leben in einem Album unter einundvierzig Begriffen, wobei zu neun Rubriken kein Eintrag vorhanden ist: Beständigkeit, Sparsamkeit, Freigebigkeit, Selbstkenntnis, Schamhaftigkeit, Gründlichkeit, Ergebung, Bescheidenheit und Geduld. Umso mehr fällt ihr zu Pflicht und Tugend, Liebe und Freundschaft, Scherz und Freundlichkeit, Glaube und Weisheit ein, die sie teils mit Zitaten bekannter Dichter und Denker beschreibt. Im Dezember 1826 beginnt sie ein Tagebuch, nur wenige Seiten wird sie in den nächsten siebzehn Monaten füllen. Ihre Worte hier wiederzugeben, fällt schwer, denn Antje selbst schreibt: *Es thut mir fast schon leid, meine Gedanken so ganz dem Papier vertraut zu haben, aber ich hoffe, kein anderer als ich selbst wird dieses Buch jemals in Händen bekommen.* (Tagebuch, 9. Januar 1827) *Wenn ich nicht mehr so sehr an Gott denke und dadurch mein geistiger Wille seine Kraft verliert, so nehme ich die „Stunden der Andacht" zur Hand.*

*Dann wird mein Mut belebt und mein besseres Selbst tritt der Sinnlichkeit desto stärker entgegen.* (Antje Brons in: B. Brons, Lebensbild, S. 13) Immer wieder beschäftigt sie die Sehnsucht nach der *geliebten Mama,* der Tod hat für Antje keinen Schrecken mehr, wenn man an die *geliebten Dahingegangenen* denkt. Vielmehr ist die unbekannte Mutter ihr Schutzgeist, der sie stärkt gegen die Verführungen der sinnlichen Begierden. Diese sind auch genannt: Zu lange im Bett liegen in warmen Decken! – *Gestern abend las ich ein Buch über die Selbstbeherrschung und die Leidenschaften und ich ward unwillig auf mich selbst, weil ich es mir gestehen mußte, daß auch ich nur ein Sklave meiner Sinnlichkeit bin.* (Tagebuch, 15. Dezember 1826) Im März 1827: *Ich verspüre seit einiger Zeit einen Hang zum Großtun, eine Sucht, den Leuten eine große Meinung von uns beizubringen. Sollte das häßliche Uebel nicht in seinem Anfange auszurotten sein? Ja gewiß der feste Wille kann hier allein wirken; stärke dich mein Geist, damit du in der Stunde der Versuchung nicht wankst im Kampfe mit der Sinnlichkeit!* (Antje Brons in: B. Brons, Lebensbild, S. 13) Im Mai berichtet sie voller Freude, dass sie endlich eine Freundin gefunden hat, mit der sie Briefe wechselt: *Liebe Meta! du sagtest einmal zu mir: Antje, was hast Du für sonderbare Ideen! Ja, wahrhaftig, das hättest Du in dieser Zeit mit Recht sagen können* [...]. *Seltsame Gefühle bestürmten meine Brust, schreckliche Träume quälten mich; selbst in muntern Gesellschaften verfolgten mich oft diese Gedanken* [...]. *Ich will Dir sagen, liebe Meta, was es war: mir fehlte der reine, beseligende Glaube des Herzens und des Gemüts* [...]. *Vor einigen Tagen war ich wieder in solcher Stimmung. Ich sank auf die Knie und flehte zu Gott, daß er mir Ruhe und Frieden ins Herz senke; aber ich betete nicht tief und innig, nein, im Ausbruche wilden Schmerzes. Es wurde nach und nach ruhiger in mir* [...]. (Antje Brons in: B. Brons, Lebensbild, S. 12) Aber sie arbeitet an sich, liest Bücher über die Selbstbeherrschung und strebt nach dem Ziel des Daseins: *Die Vervollkommnung unserer selbst.* Ein hohes Ziel für eine junge Frau, was aber auch Aufschluss über ihre Reife gibt, die sich nur durch eigenes, schmerzhaftes Erleben erklären lässt. Sie sucht Antworten und stürzt sich mit Heißhunger auf Bücher jeder Art, das einzige Mittel der Frauen dieser Zeit, um ihre intellektuellen Fähigkeiten zu nutzen. Buchhandlungen gibt es damals in Ostfriesland nicht, aber Onkel Cremer ist Mitglied eines Lesezirkels. Er selbst ist mehr ein Denker als Redner. *Neben seinem bürgerlichen Berufe hatte er großes Interesse für alles, was auf geistigem Gebiete in seinen Gesichtskreis trat* [...]. (15. Brief, S. 237) Stark beeinflusst wird er von den freiheitlichen Bewegungen aus Frankreich und Amerika. Zu seiner Bibliothek gewährt er dem Ziehkind von nun an öfter Zugang und fördert es so in einer Weise, die sicher in dieser Zeit ungewöhnlich ist. Antje wird ihm dies bis an sein Ende mit inniger Liebe danken, denn Wissen und Bildung vor dem Hintergrund ihres religiösen Glaubens sind für sie ein Schlüssel zum Leben. Dies belegt sie eindrucksvoll mit ihrem persönlichen Glaubensbekenntnis, das sie anlässlich ihrer Taufe am 5. April 1829 in holländischer Sprache verfasst, der noch üblichen Kirchensprache. Ihre Reife zeigt sich hier deutlich, wobei natürlich die jahrelange Unterweisung in religiösen Schriften ein Maß an Wissen zeigt, das heute erstaunt, zu Antjes Zeit aber nicht so ungewöhnlich ist. Der erste Satz: *Der Mensch, der seine Würde als das erhabendste Wesen dieser Erde anerkennt, der höhere Gefühle in seinem Inneren birgt, kann es nicht bei dem blinden Glauben an die Lehren des Gottesdienstes belassen, in denen er geboren und erzogen ist, sondern hält es für seine Pflicht, diese, obwohl allgemein angenommene und anerkannte Wahrheiten, näher zu untersuchen und seinen Glauben auf feste Überzeugung zu gründen, um dadurch die Ruhe und den Frieden zu erlangen, wel-*

*che unser Gemüt vom Gottesdienst fordert.* (Glaubensbekenntnis 1829, Martin van Delden, Übersetzung 2003) Von der Liebe Gottes, seiner bestimmenden Hand, dem Licht der Offenbarung und Jesus Christus als Erlöser der Welt schreibt sie ihre Gedanken bis hin zu den für Mennoniten so wichtigen Fragen wie Eid und Taufe. Ihre letzten Sätze: *Und derweil ich mich gehalten fühle, mich den äußerlichen Zeremonien, die Jesus eingeführt hat, zu unterwerfen und an ihnen teilzunehmen, erkenne ich gleichzeitig meine Pflicht, dem vernünftigen Vorbild, welches Jesus uns hinterlassen zu folgen. – Möge die Vorsehung mich in dieser Überzeugung bewahren, möge sie um mich sein in der Stunde der Versuchung und des Leidens, so daß ich unter allen Umständen meines Lebens mit festem Schritt den Pfad der Tugend und des Betragens wandele, mit ruhegebendem Erkennen das Vergangene überdenke, und bei dem sich nähernden Tod mit fröhlicher Hoffnung der Zukunft entgegen sehen kann.* (Ebd.) Die Grundlagen ihrer Glaubensüberzeugung werden hier deutlich: „Die Welt als eine Schule der Tugend; die Lehre Christi als vollkommene Übereinstimmung der Religion mit den Forderungen der Vernunft; die Bestimmung des Menschen, als eines zur Freiheit geschaffenen Wesens, zum Erfassen der christlichen Wahrheiten: [...], Nachfolge Christi [...].“ (J. Hildebrandt, Brief 3.5.2003) Also keine still duldende Frömmigkeit unter Dogmen, sondern ein aktives Arbeiten an sich selbst als Christ. Dies wird Antje ein Leben lang erfüllen. Dieses Taufbekenntnis befindet sich noch heute als kleines Lederbüchlein mit Goldschnitt in Familienbesitz.

Aus dem Kind wird nun eine Frau, scheinbar mit großer Anziehungskraft, was auch an ihrer „eigentümlichen Seelentiefe“ (B. Brons, Lebensbild, S. 14) liegen mag. Mit wachen Augen freut sie sich nun am Leben und an den Menschen. Antje ist graziös, auffallend an ihr ist die milchweiße, zarte Haut des friesischen Stammes. Dies bleibt natürlich auch der Männerwelt nicht verborgen. Ysaac selbst hat später Zweifel, ob eine Perlenkette, die er Antje schenkt, an ihrem weißen Hals überhaupt zur Geltung kommen könne. Er besucht 1828 Onkel Cremer, es kommt zur ersten Begegnung mit Antje. [...] *ich habe ihn aber nur ein einziges Mal flüchtig gesehen, indem er, aus dessen Kontor kommend, an unserer Stube vorbei ging und einen Augenblick, da die Thür offen stand, eintrat, meine Tante und mich höflich begrüßte und anredete und dann seines Weges ging. Er fiel mir auf durch sein intelligentes, vornehmes und ritterliches Benehmen. Als ich später einmal ein Zeitungsblatt in die Hand bekam, wo unter einem Aufrufe für einen wohlthätigen Zweck auch der Name Y. Brons stand, war es gerade dieser Name, der auf mich den Eindruck machte, als wie der Schatten eines zukünftigen Ereignisses, welches sich an diesen Namen knüpfte, ohne daß ich weiter darüber nachdachte und davon afficiert wurde.* (3. Brief, S. 36f)

Liebe auf den ersten Blick? Ysaac entspricht dem Ideal des blonden Friesen, ein Hüne mit strahlenden blauen Augen. Er selbst denkt wohl mit sechsundzwanzig Jahren noch nicht daran, einen Haushalt zu gründen, wie mancher Freund es schon tat. Wohl sind seine Geschäfte 1828 noch nicht von der Art, eine Familie ernähren zu können. Angesehen ist er bereits als Kaufmann im Butter- und Getreidehandel und genießt einen ehrenvollen Ruf. Aber auch er hat Verantwortung früh kennengelernt. Mit siebzehn Jahren verliert er den schon lange kränkelnden Vater. Dieser hatte durch die Kontinentalsperre, die Napoleon I. 1806 zur wirtschaftlichen Abschließung des europäischen Festlandes gegen Großbritannien eingeführt hatte, sein Vermögen als Schiffsreeder verloren, worunter die Familie zu leiden hat. Ysaac muss die Lateinschule verlassen und steht nach dem Tod des Vaters als Ältester von sechs Kindern neben seiner Mutter der Familie vor, die finanziell durch den Großvater Ysaac Bouman, einem wohlhabenden Emder Kaufmann und Schiffsreeder, aufgefangen wird. Die Mutter Imina ist eine willensstarke Frau, die nach den schweren Schicksalsschlägen von der Gesellschaft zurückgezogen für ihre Kinder lebt. Schon früh sind Ysaacs ungewöhnliche Begabungen erkannt und gefördert worden, bereits mit zehn Jahren führt der Knabe Buch über seine Ein- und Ausgaben; er hat finanzielle Not in der Familie schon erfahren. Nach dem Besuch der Lateinschule fängt er bereits mit fünfzehn Jahren seine kaufmännische Ausbildung in dem Kontor des Großvaters an, erhält aber weiter privat Unterricht in Englisch, Französisch und Latein, daneben kommen auch die Naturwissenschaften sowie handwerkliches Geschick und das Musizieren auf der Flöte nicht zu kurz. Ordnungsliebe, Zuverlässigkeit in allem Tun und Handeln sowie Sparsamkeit stehen in vorderster Reihe der Hausregeln, aber auch Ehrfurcht vor der Religion. Auch in diesem Hause wird seit Generationen in der mütterlichen Familie Bouman der mennonitische Glaube gepflegt. Mit achtzehn Jahren empfängt Ysaac die heilige Taufe und tritt damit in die Emder Mennonitengemeinde ein. Zu dieser Zeit ist er ein Jahr ohne feste Stelle, nachdem ein weiterer Lehrbetrieb Bankrott gemacht hat. Ysaac nutzt die Stunden zum Drechseln und Studieren. Er liest Shakespeare, Byron, Voltaire, Rousseau im Originaltext, ferner die zeitgenössische Literatur, vor allem Schillers Werke ziehen ihn an. Schillers Worte werden ihn ein Leben lang begleiten, noch kurz vor seinem Tod wird er ihn wie so oft in seinem Leben zitieren, wobei die Stimme vor Rührung ins Stocken geraten wird. Aber der junge Ysaac studiert nicht nur, daneben ist er ein flotter Tänzer, Billardspieler und schwärmt für die Damenwelt. Politik, die später sein Leben bestimmen wird, ist für ihn in jungen Jahren noch kein Thema. Ostfrieslands Randlage und die unerwünschte Regierung des hannoverschen Königshauses mögen hierfür ein Grund sein, die Ostfriesen sehen sich nicht als Deutsche, sondern eher als einen besonderen Stamm. Im elterlichen Haus, in dem auch Antje die ersten zehn Ehejahre nach Licht und Sonne schmachten wird, bewohnt Ysaac auf dem Boden zwei kleine Zimmer, die als Studierstube und Werkstatt genutzt werden. Den Geschwistern sind diese Räume eine Art „Heiligtum", morgens dürfen sie diese ebenfalls zum Studieren der eigenen Bücher betreten. Wer nicht früh genug aufgestanden ist, darf zur Strafe nicht dort sein. Der Handel zunächst mit Musikalien und Zigarren ist Ysaacs Einstieg als Kaufmann. Auf einer Reise im Sommer 1824 knüpft er geschäftliche Kontakte über Danzig, Kopenhagen und Hamburg. Er sammelt Empfehlungsschreiben und findet einen neuen Auftraggeber; damit startet seine ernsthafte Berufstätigkeit. Mit großem Eifer beginnt er seine neue Aufgabe und dehnt zu Hause sein Kontor auf den Werkraum aus. Zunächst sucht er Kontakt zu den örtlichen Getreide- und Holzhändlern und unternimmt 1825 eine Geschäftsreise nach Holland, ist aber mit seiner geschäftlichen Lage nicht zufrieden. Großvater Bouman stirbt ein Jahr später, damit beginnen Erbstreitigkeiten, und es kommt zur Wende in der Familie. Ysaac übernimmt im Auftrag der Mutter die Regelung der Erbschaft, er selbst erhält 1.250 Gulden. Damit ist der Start für ein eigenes Korn- und Buttergeschäft gelegt. Für die Familie geht aber der größte Wunsch in Erfüllung: Das hohe alte Stammhaus der Boumans am Hafen der Stadt, das für die Enkelkinder nicht nur durch die sonnige Lage den Inbegriff von schönem Leben und gesellschaftlichen Freuden bedeutet, wird übernommen, bezogen, und hier wird schließlich Antje als Braut empfangen.

Aber so weit sind wir noch nicht. Zunächst gilt es, andere Kandidaten abzuwehren, was nicht ganz einfach ist. Ein Freund und Verwandter der Familie Cremer, der sich als praktischer Arzt nach seinem Studium in Norden niederlässt, hat ernste Absichten. Antje selbst hat mit sechzehn Jahren für ihn geschwärmt, aber im Januar 1830 weist sie ihn ab. *Nun aber stürmte alles auf mich ein, um mich anderen Sinnes zu machen; der junge Mann in erster Stelle, daß es zum Erbarmen war, mein guter Onkel Cremer, den ich so sehr liebte, wünschte diese Verbindung so sehnlichst und setzte mir auf alle Weise zu.* (3. Brief, S. 38) Antje eilt in ihrer Not zum leiblichen Vater. Und dieser? Im entscheidenden Moment erweist er sich als Freund seiner Tochter und gibt Rat und Schutz. Er sagt entschieden, dass sie sich von niemandem in dieser wichtigen Sache bestimmen lassen und nur selbst entscheiden dürfe. Welch ungeheurer Rat, wenn man die Umstände damaliger Eheschließungen berücksichtigt. Wie sehr muss dieser Jan ten Doornkaat seine Tochter geliebt haben, sicher auch gepaart mit Gewissensbissen. Er gibt dieser jungen Frau das Recht auf Glück, nachdem schon das Heranwachsen von Erschwernissen getrübt war. Antje ist überglücklich und weiß, was eine Frau sein soll: *Das Weib halte es für seine einzige Größe, Weib zu sein in seinem ganzen Umfange. Du sollst die Gefährtin des Mannes sein, aber nicht seine Sklavin.* (Antje Brons in: B. Brons, Lebensbild, S. 14)

Sie bittet um sechs Wochen Bedenkzeit.

Der mennonitische Pastor van Hülst aus Emden, Schwiegersohn von Onkel Cremer, erscheint auf der Bühne. Per Brief wendet er sich an Antje und spricht im Sinne des Vaters. Sie solle einige Tage nach Emden kommen, um die Sache in Ruhe überlegen zu können. Der Ziehvater gestattet die Reise und lässt Antje mit seinem Wagen auf gefrorenen Wegen und mit Ermahnungen und guten Lehren nach Emden fahren. Antje: *Statt aber hier Ruhe zu finden, kam ich wie vom Regen in die Traufe. Bisher hatte ich Gott meine Zukunft anheimgestellt und war stolz auf meine Freiheit und nun that ich hier zwar jenes erst recht aus tiefster Seele, mußte aber diese preisgeben. Ysaac Brons war Hausfreund bei van Hülst's; Er kam auch jetzt gleich den ersten Tag als ich dort war. Er begleitete uns auf den Spaziergängen; wir wurden von seiner Mutter eingeladen und dann einige Tage später brach der Sturm auf mich von dieser Seite los und bereitete mir einerseits noch größere Unruhe wie zuvor, in mir selbst jedoch ward es ruhiger, ich ward dessen gewiß, daß ich nun in den rechten Hafen einlaufen würde, der für meine Zukunft angemessen und bestimmt sei.* (3. Brief, S. 39)

Ein Sturm ist entfacht, der rechte Hafen scheint zunächst einmal weit weg. Leidenschaftliche Briefe Ysaacs gehen per Boten nach Norden. Antje zitiert seinen auf den 5. Februar 1830 datierten Brief: *„Heute erst ist ein Brief mit dem Fuhrmann Claas an dich abgegangen und ich sitze schon wieder mit der Feder in der Hand. Ich bin mir selbst neu und weiß nicht, was aus mir geworden ist. Früher behauptete und glaubte ich, so würde mich die Liebe nie beherrschen. Und jetzt, seitdem Vernunft und Verstand dieser Neigung ihre Zustimmung gegeben haben, scheint sie jenen die Zügel vollends entwinden zu wollen."* (Ysaac Brons in: B. Brons, Lebensbild, S. 21)

Wochen vergehen, bis Antje überhaupt erlaubt wird, darauf zu antworten. Auch Kandidat Nummer 1 hat noch nicht aufgegeben, doch diesem darf sie schließlich definitiv absagen. Antje erträgt dies alles mit dem Gefühl, dass *ein starkes Herz in Emden für sie glüht und eine Hand sie hält.* Zweimal erscheint Ysaac in Norden und hält beim Vater und Onkel um ihre Hand an. Und auch Antje ist nicht untätig, am 20. Februar schreibt sie: *Ich bin zu meinem Vater geeilt. Der gute Vater verstand mich; ich solle mich nur an ihn halten, sagte er.* [...] *O, erst in dieser Zeit habe ich meinen Vater gefunden! Er fühlt und weiß aus eigener Erfahrung, daß der sicherste Teil unseres Glücks nicht von äußeren Dingen abhängig ist* [...]. (Antje Brons in: B. Brons, Lebensbild, S. 22) Doch die Verhandlungen ziehen sich hin, wer ist dieser kaum bekannte Emder? Ysaac kocht und bebt, macht sich große Sorgen um seine Angebetete, die so leiden muss und der er in der jetzigen Situation nicht einmal beistehen kann. Freunde aus Emden reisen nach Norden, um zu vermitteln, die Entscheidung wird immer wieder verschoben. Ysaac hält es nicht mehr aus. Ihm fällt es als freiem Kaufmann schwer, sich von anderen Menschen etwas vorschreiben zu lassen, er will handeln. Aber er lenkt auch ein, sucht weiter Einvernehmen mit Onkel Cremer, aus dessen Hand er ja schließlich Antje empfange. Der Dank dafür und die Freude würden schließlich das Unrecht wettmachen. Ysaac am 3. März: „*Ich habe manchesmal meinen Schöpfer in heiligen Augenblicken gebeten, daß meine Liebe zu dir nie erkalten möge ... Ich bitte ihn auch um die unveränderte Fortdauer meines größten Gutes, deiner Liebe! Und er wird uns beides gewähren, wenn wir beide so viel wir können, das unserige tun und verständig mit einander handeln.*" Nur vier Tage später: „*Daß du schön und nett gekleidet bist, ist mir nichts neues, du warst es immer ... Es ist keine unwichtige Sache in der Ehe ... man soll sich dem geliebten Gegenstande auch äußerlich liebenswürdig, und namentlich im Hauskleide, zeigen ... Ich fühle mit innigstem Dank die Seligkeit ein Herz gefunden zu haben, in dem die edelsten Seiten meines Innern so schön wiederklingen ... Wir wollen gemeinschaftlich unser Gebet zum Himmel schicken, Antje, teuere, liebe Antje!*" (Ysaac Brons in: B. Brons, Lebensbild, S. 22)

Antje am 8. März: *Ich nahm heute morgen deine Blätter wieder zur Hand. O, was ich zum zweiten Male wieder dabei empfand! Ich war unendlich glücklich, ich sank auf die Kniee und bat um die Fortdauer meiner Liebe zu dir, um Kraft und Weisheit die hohen heiligen Pflichten, welche der neue Stand mir auferlegen würde, immer treu und mit frohem, leichtem Herzen erfüllen zu können. Ja gewiß, wir werden glücklich! Es ist zwar nicht Leidenschaft, was ich für dich empfinde, das kann ich nicht; aber wenn eine innige Liebe, auf Ueberzeugung gegründet, dir genug ist, eine Liebe, die stärker werden wird, je mehr ich dich kennen und schätzen kann, so will ich dein sein – was der Mund nicht sagen darf, spricht der tote Buchstabe frei und unbefangen aus.* (Antje Brons in: B. Brons, Lebensbild, S. 22f)

Am 20. März endlich kommt die Verlobung zustande, nicht unter erfreulichen Umständen und ohne Sang und Klang. Aber immerhin – die beiden Liebenden haben ihr Ziel erreicht!

Was sich in den Briefen wie ein jahrelanger, zermürbender Kampf anhört, hat gerade einmal acht Wochen gedauert, wohlgemerkt seit dem ersten Treffen in Emden! War hier so viel Liebe und Leidenschaft, die keinen Aufschub duldete? Heute wird wohl jeder den Kopf schütteln über so viel Eile. Antje hat dafür eine ganz einfache Erklärung: *Der Mensch denkt, Gott lenkt!* (3. Brief, S. 42)

Schon bald macht sie an Ysaacs Arm die notwendigen Besuche in Emden. Selten erfährt man in ihren Aufzeichnungen etwas über ihre Kleidung, jetzt aber wohl. Sicher ein Zeichen, wie wichtig ihr diese neue Aufgabe an seiner Seite ist und mit welchem neuen, weiblichen Bewusstsein sie diese Rolle erfüllt. Ja, sie fühlt sich jetzt als Frau und sicher weniger allein, weil sie die Kindheit hinter sich gelassen hat. Eine neue Zeit fängt für sie an, was auch zu sehen ist: Oberrock aus grüner

Seide und ein rosaseidener Hut kleiden die zierliche Frau, die nun als offizielle Braut ein Leben außerhalb der engen Grenzen Ostfrieslands kennenlernen wird.

Aber noch ist es nicht so weit. Nach diesem ersten Auftritt als künftige Ehefrau kehrt Antje Anfang Mai zurück in die *trübe Umgebung* Nordens, nun wohl ruhiger geworden, da *die Verhältnisse geordnet waren.* (3. Brief, S. 42) Da die Hochzeit im Spätherbst stattfinden soll, wird die Hochzeitsreise wegen der dann schlechten Wege kurzerhand vorverlegt – natürlich mit Anstandsdame, Ysaacs Schwester Katharina (Tina). Ende Juni geht es los.

Hochzeitsreise? Das liest sich heute ganz normal, 1830 ist es das aber nicht. Man muss schon einen triftigen Grund haben, um die Mühen einer Reise auf sich zu nehmen. Ein Vergnügen bedeuten die Verkehrsmöglichkeiten nicht. Vor allem Geschäftsleute und Händler sind unterwegs. Die Verkehrsverbindungen zwischen Ostfriesland und dem deutschen Binnenland sind auf Sand- und Kleiwege beschränkt, erst 1844 gibt es die erste Chaussee von Emden über Leer nach Oldenburg. Ysaac und Antje haben einen eigenen Reisewagen erstanden, ein Luxus! Dennoch, Reisen ist nicht nur langsam, sondern auch mühsam, streckenweise äußerst anstrengend. An Schlaf ist wegen der Rüttelei auf unebenem Boden nicht zu denken. Man kennt und erwartet nichts anderes und nimmt die Widrigkeiten hin. Also eine große Sache, die Ysaac da seiner künftigen Frau bietet. Diese freut sich, dass die Bilder ihrer gelesenen Bücher jetzt mit Leben erfüllt werden, die weite Welt wird sich ihr öffnen, sie ist bereit.

Am 29. Juni geht es morgens um 5.30 Uhr los mit Extrapostpferden, abends um 19 Uhr erreicht die Reisegruppe Bad Zwischenahn, heute noch ein renommierter Kurort, am See gelegen, den das junge Paar nebst Tina noch überquert. Eine

Tagesreise per Kutsche, heute mit wesentlich mehr PS in gut 45 Minuten zu schaffen. Der nächste Tag führt in die große Hansestadt Bremen, wo die Mädchen erstaunt sind über die elegante Einrichtung der Zimmer im Hotel Lindenhof. Ja, die Welt tut sich auf bei der Weiterfahrt gen Süden: *Berge, Wald, Chaussee – alles neu für uns unschuldige Kinder der Fluren Ostfrieslands;* [...] *1200 Fuß über dem Meere und wir hatten noch nie höher über demselben gestanden als auf dem Rücken des Deiches. Wir konnten uns fast von der reizenden Aussicht nicht trennen.* (3. Brief, S. 44) Und auch Kunst und Kultur kommen nicht zu kurz. Nach einem Tagesbesuch der Umgebung Bad Pyrmonts zu Fuß und auch per Esel steht abends der „Geizhals" von Molière auf dem Programm: [...] *das Theater selbst, die brillante Erleuchtung, die elegante Welt, welch ein Genuß! namentlich für mich eine noch nie gesehene Pracht!* (3. Brief, S. 44) Und so geht es weiter, die Pferde machen schlapp auf schlechten Wegen über Berg und Tal. Über Kassel nach Fulda und schließlich nach Frankfurt, alles wird bestaunt – von mathematischen und physikalischen Instrumenten, antiken Statuen bis hin zu den Gemälden holländischer Meister. Ysaacs Studien machen sich bezahlt, er ist ein guter Reisebegleiter und erklärt den jungen Damen alles.

Einige Stationen hinter Fulda wird nach anderer Münze gerechnet, und wieder zeigt sich etwas Neues: *es waren die ersten Weinberge und wir tranken den Landwein an der Quelle mit großem Behagen.* (3. Brief, S. 46) In Frankfurt, der alten Kaiserstadt, geht es feudal zu: *„Wir haben heute viel Geld ausgegeben"*, (ebd.) schreibt Ysaac laut Antje ins Tagebuch. Auch hier wird alles Sehenswerte besucht, nur die Paulskirche nicht, in der Ysaac später ein so wichtiges Jahr seines Lebens verbringen wird. Die Reisenden erleben hier ihre erste Oper, „Der Blaubart", bei 28 Grad in der Loge für 1 fl (Gulden) 6 kr (Kreuzer).

Am 16. Juli geht es weiter. [...] *Ein desto größerer* [Hochgenuss, K. B.-A.] *aber wurde uns, dem Kleeblatt, nun, als wir mit heißem Verlangen dem vielbesungenen Rheine uns näherten und seine Berge sich in der Ferne vom blauen Himmel abzeichneten* [...] *ein unbeschreiblicher Anblick* [...] *und glücklichere Menschenkinder, die ihn genossen, konnte es auf Erden kaum geben!!!* (3. Brief, S. 47)

Mainz, Wiesbaden. Obwohl der Postillon durch muntere Weisen aus seinem Horn die Ankunft der Drei anmeldet, sind die besseren Gasthöfe überfüllt, man nimmt mit den weniger guten vorlieb. Am nächsten Morgen Besichtigung zu Fuß und per Esel, dann Essen im Kursaal. *Zu diesem Ereignis mußte gehörig Toilette gemacht werden; Tina und ich vertauschten unsere einfarbigen, mit Perlmutterknöpfen verzierten Reisekleider von grünem Kattun mit Gesellschaftskleidern, banden die Bauschen von Rock unter die Ärmel, damit sie hoch von den Schultern abständen, wie damals Mode war, frischten unsere Lockengebäude an beiden Seiten der Stirn neu auf und setzten uns mit unserem Herrn* [Ysaac, K. B.-A.] *munter zu Tische. Vielleicht mochten einige Sieche und Abgelebte, deren Appetit nicht so gut sein mochte, uns um unsere Frische, Gesundheit und Fröhlichkeit beneiden. Nach Tisch lockten die Herrlichkeiten in der Colonnade unsere Kauflust und niegesehene Luxussachen traten uns vor die Augen. Der Schluß des Tages war der Genuß der Oper „Die Stumme von Portici". Was konnten sterbliche Menschen mehr verlangen!* (3. Brief, S. 47f)

Ja, wohl wahr. Die Dimension, in der dies alles Eindruck auf die junge Antje machen muss, kann man nur erahnen und an den sich überbietenden Beschreibungen erkennen. Mit durchschnittlich fünf bis sechs Stunden Schlaf treibt sie von einem Höhepunkt zum nächsten wie das bestaunte, ungeheure Holzfloß in Rüdesheim mit neun Wohnhütten und zweihundertfünfzig Menschen an Bord. Sie selbst reisen nun im

Kahn auf dem Rhein, zum ersten Mal sehen sie ein Dampfboot, das zwischen Mainz und Köln verkehrt. Stollen werden mit nassen Füßen besichtigt, Steine geschlagen, Felsen erklommen, in Koblenz ist diese Fahrt zu Ende; es ist der 23. Juli. Zwei Tage später besteigen sie wieder ihren Reisewagen und tauschen das sanfte Schaukeln des Kahnes gegen die Stöße und das Rasseln auf der Straße. Auf einem Berg finden sie einen Stein mit Muschelabdruck und nehmen ihn mit, später liegt dieser immer unter dem Weihnachtsbaum. Er ist nicht der einzige, der auf dieser Reise eingesammelt und im Wagenkasten geborgen wird. Die Fundstücke vermehren sich bis zu Nummer 22, wohl geordnet, wie Ysaac es auch schon auf früheren Reisen getan hat.

Wieder tragen Esel die Reisenden hinauf zum Siebengebirge, dann *ergatterte er* [Ysaac, K. B.-A.], *noch ein Stück versteinertes Hagebuchenholz* (ebd.) zum Abschied vom schönen Rheintal. Über Bonn und Köln geht es zurück in die Niederungen, Eisenfabriken werden gründlich nach Ysaacs Art besichtigt. In Düsseldorf wird erst mal ausgeschlafen, das heißt aber auch nur sieben Uhr morgens, ein Bad gibt es endlich auch. Über Kleve und Nijmwegen (Niederlande) nähert man sich dem anheimelnden Flachland. Am 4. August ist Groningen in den Niederlanden spät abends erreicht, Ysaac erwartet hier einen Geschäftsfreund. Sechsunddreißig Tage hat die Reise hierher im offenen Wagen mit Regenverdeck und Kahn gedauert, noch öfter wird der Rhein Ziel des Ehepaares sein, auch diese beiden hat die Rheinromatik des 19. Jahrhunderts voll erfasst. Aber der technische Fortschritt durch Eisenbahn und Dampfschiff wird dafür sorgen, dass dieses freie Erleben aller Schönheiten nie wieder erreicht wird. Über die Emsmündung, den Dollart, geht es zurück in die Heimat.

Ysaac stürzt sich sofort in die Geschäfte und ist auch gleich wieder auswärts unterwegs, nachdem er seine Braut nach Norden zurückgebracht hat. Antje hat genug damit zu tun, ihre Aussteuer in Ordnung zu bringen. Beim Sortieren der Sachen ihrer Vorfahren, im Schrank aufbewahrt, ist sie sich der Verantwortung bewusst. Ihr ist *sonderbar zumute, daß schon Großmutter und Urgroßmutter unbewusst für uns sorgten.* (Antje Brons in: B. Brons, Lebensbild, S. 23)

Briefe sind nun wieder das einzige Verständigungsmittel des Paares. Das Wetter ist ab Ende August so schlecht, dass an einen schnellen, direkten Besuch über die aufgeweichten Wege mit dem Wagen nach Norden oder Emden nicht zu denken ist. Gut sieben Wochen hat ihre gemeinsame Zeit gedauert, wahrscheinlich haben sie sich ja überhaupt erst richtig kennengelernt, gemeinsam gelacht und gestaunt, ihre Steine gesammelt und von ihrer Zukunft geträumt. Jetzt wird die Zeit lang ohne ein Wiedersehen, die Sehnsucht ist groß, so groß, dass Ysaac es nicht mehr aushält. Er ist schließlich ein Mann der Tat, wie er in seinem Leben noch oft beweisen wird. So macht er sich am 26. Oktober auf zu seiner Braut, die er nun gut zwei Monate entbehren musste – zu Fuß wohlgemerkt! Antje macht sich bei seinem Aufbruch von Norden Sorgen, die auch nicht unbegründet sind, was Ysaac später selbst beschreibt. Antje zitiert: *„Ja, das war eine schändliche Reise Montag abend! Kaum war ich in Wirdum* [etwa halbe Strecke der dreißig Kilometer, K. B.-A.], *da fing es weidlich an zu regnen und bei der bezogenen Luft wurde es bald finster. Mein Unstern brachte es mit sich, daß auf dem Fußwege ein Steg* [übers Wasser, K. B.-A.] *fehlte; vergeblich einen anderen Durchgang suchend, irrte ich ungefähr eine halbe Stunde in mehreren Stücken Landes umher und machte mich endlich auf den Fahrweg. War der Fußweg schlüpfrig, so war es jener noch mehr und das Gehen kaum auszu-*

*halten. Da es nun zu beschwerlich und nicht ohne Gefahr war, den Weg weiter zu Fuß zu machen, so kehrte ich bei unserem Bauern in Osterhusen ein, wo ich weidlich durchnäßt ankam; mein Mantel hatte um das Doppelte an Gewicht zugenommen. Unser Jakob Jibben (der Pächter) holte sein Streitroß aus dem Lande und damit ging es bedächtigen Schrittes nach Emden. Gleich nachdem ich trockene Kleider angezogen, befand ich mich ganz wohl. Das wäre doch schlimm, wenn ich nicht einige Stunden schlechtes Wetter aushalten könnte! – Sei unbesorgt, – davon ist nichts zu befürchten. Ich freute mich herzlich, daß Du mich schon zu Hause wähnen mußtest, während ich noch mitten im Klei saß!"* (4. Brief, S. 59f) So spricht ein Mann, der achtzehn Jahre später die Interessen Ostfrieslands in der Nationalversammlung in Frankfurt vertreten wird.

Weiter gehen die Briefe hin und her. Ysaac am 28. Oktober: *„Nicht mehr eine so unruhige Sehnsucht, wie früher, zieht mich zu dir hin, eine stille, tiefe Neigung läßt mich in jedem Augenblick wünschen, bei dir zu sein."*

Antje am 30. Oktober: *Du wirst Dir noch manches von mir gefallen lassen müssen, und sollte ich dich sogar necken wollen, wie es mir jetzt beliebt* [...].

Ysaac am 31. Oktober: *„Wahrlich die Liebe, die Ehe bieten unaussprechliche Seligkeiten* [...]. *Wir wollen aus allen Kräften unser Bestes tun und ich sage noch ein Mal: Gott um seinen Segen bitten!"*

Antje am 2. November: [...] *ich will an dich mich festhalten, an dich mich klammern und Freud und Leid mit dir teilen* [...]. *Ach Ysaac, möge treue Liebe uns immer leiten!* (B. Brons, Lebensbild, S. 24ff)

Am 12. November 1830 hat das Warten endlich ein Ende, der mennonitische Pastor van Hülst vollzieht die Trauung im kleinen Kreis um sieben Uhr abends im Elternhaus in Emden,

Gäste sind wegen der traurigen Umstände nicht geladen. Antje: *Von Polterabend und Brautjungfern, sowie von einer Ausstellung der Geschenke war natürlich keine Rede gewesen.* (4. Brief, S. 61) Die Pflegeeltern schenken eine Kristallzuckerschale mit Silberbeschlag, die beiden älteren Brüder Ysaacs je eine Porzellan-Mundtasse, seine beiden Schwestern einen gestickten Glockenzug mit passender Fußbank, van Hülsts ein Teestövchen aus Mahagoni. *Wir aber,* schreibt Antje, *fingen nun an, unser Haus zu bauen mit dem heiligen Vorsatz, darnach zu streben, daß es uns durch Gottes Beistand gelingen möge, in unserem Alter sagen zu dürfen: „Wir haben gebauet ein stattliches Haus, und drin auf Gott vertrauet trotz Wetter, Sturm und Graus!"* (4. Brief, S. 61) Dieser Wunsch wird sich erfüllen.

Als „stattliches Haus" kann man die gemietete Unterwohnung, die zunächst mal Domizil der Frischvermählten wird, nicht bezeichnen: eine Wohnstube, ein Schlafzimmer, Küche – alles einfach eingerichtet – und das Kontor. Hier arbeitet Ysaacs älterer Bruder Bernhard als Lehrling, weitere Mitarbeiter gibt es nicht, was sich aber schnell ändern wird. Im folgenden Frühjahr wird dann auch bereits eine größere Wohnung bezogen. Das hat auch seinen guten Grund, denn die Familie wird wachsen.

Wie sieht überhaupt diese Stadt Emden aus, in der Antje bis an ihr Lebensende bleiben wird? Etwa um 900 bildeten sich durch den Zusammenschluss von Handelskaufleuten die ersten Niederlassungen. Da Ostfriesland durch die Moore in abgeschnittener Randlage lag, wurde der Anschluss an kulturell wie wirtschaftlich weiter entwickelte Regionen über den Fluss Ems und das Meer gesucht. Im Laufe der folgenden Jahrhunderte ging die wirtschaftliche Entwicklung als Seehandelszentrum rauf und runter; bis zum Aufstieg der Hanse waren die Friesen das bedeutendste Handels- und Seefahrervolk der Nordseeküste. Ab 1500 blühte Emden als geistiges Zentrum der Reformationsbewegung auf. Sämtliche fünfunddreißig katholischen Klöster wurden aus Ostfriesland weggefegt. Alle wußten nun, dass die Welt eine Kugel ist – Erfindungen, Entdeckungen, Aufbruch in der Kunst bestimmten das Leben. Emden nahm begeistert an allem Anteil, vor allem an der neuen Baukunst, die durch die Renaissance entwickelt wurde. Der neue Geist übertrug sich auch auf die Wirtschaft; der Hafen wurde erweitert, die Stadt wuchs über die Grenzen der Altstadtwarf hinaus. Einst drohten der Innenstadt Sturmfluten, zugleich musste der Reichtum der Handelsstadt verteidigt werden. Beide Gefahren zwangen zu einer engen Siedlungsform, die Enge wiederum bedingte später das Stockwerkhaus, das Handelsgut lagerte trocken auf Dachböden. Dadurch entstanden enge, dunkle Gassen, in die die Hauseingangstreppen mit mächtigen schmiedeeisernen Geländern hineinragten. Die Wohnräume lagen über dem Straßenniveau, um vor dem Wasser geschützt zu sein, das bei Sturmfluten durch die Straßen strömte.

Die Gegenreformation brachte viele Glaubensflüchtlinge, auch weitere Mennoniten, nach Emden. Sie kamen nicht mit leeren Händen, sondern mit Geld und Handwerkskunst. 1569 war die Stadt bereits erste Reedereistadt, der Schiffsbestand der ostfriesischen Häfen mit 1.570 überstieg den des gesamten Königreiches England. Im Hafen herrschte Leben und Treiben, rings um den belebten Delft entstanden prächtige Neubauten im Geist der Renaissance, ein Wetteifern mit den schönsten und größten Städten Westeuropas begann. Die Stadt wurde mit ihrem Kanalsystem zum „Venedig des Nordens“ und war wie dieses im Kampf mit Wasser und weichem Untergrund auf Pfählen gebaut. Delft und Kanäle gaben der Stadt ein besonderes Gepräge, im Stadtbild spiegelten sich die Lebensformen der Jahrhunderte wider. Diese Baugeschichte wurde bei einem Luftangriff während des Zweiten Weltkrieges am 6. September 1944 zu achtzig Prozent zerstört.

Diese Stadt erkundet jetzt Antje, ihr Blick gleitet an der Fülle prächtiger Giebel auf und ab, rund 12.000 Menschen leben hier, überwiegend Protestanten und auch neunzig Mennoniten. Sie ist eine davon. Aber die Enge und Dunkelheit gefallen ihr wohl weniger. Später wird sie einen eigenen Garten mit Teehaus besitzen, das ihr ein wichtiges Refugium werden wird. Wer das Reisen im offenen Wagen so genossen hat, ist ein Landkind. Antje liebt die Natur und das Grün, jetzt muss sie Abstriche machen.

Zeit, darüber nachzudenken, hat sie zunächst einmal nicht. Der Haushalt muss geführt werden, mit fünfundzwanzig Talern im Monat kann die junge Frau alles bestreiten, dafür gibt es am Abend niemals Fleisch, nur am Sonnabend. Als Vorfeier für den Sonntag mit Kirchgang kommt Schokolade mit Korinthenbrötchen auf den Tisch. Antje ist sicher sparsam, aber dabei muss man auch berücksichtigen, dass zum Beispiel ein Schuster zur selben Zeit rund zwölf Taler im Monat verdient, wovon noch Steuern abgehen. Die ersten Jahre als Hausfrau sind beschwerlich. In einer kleinen Küche, in der der Mittagstisch auf einem offenen Herd zubereitet wird, hängt ein Topf an einer eisernen Kette über dem Torffeuer. [...] *aus dem Schornsteine fielen ab und zu Stücke Ruß, die, wenn man den Deckel vom Topf nahm, um nachzusehn, ob noch die nötige Feuchtigkeit unter dem Gemüse sei oder wenn man Buttermilchbrei im Topfe hatte und diesen umrühren mußte, wohl zuweilen in den Topf fielen und man glücklich war, wenn man sie sofort wieder herausschöpfen konnte. Wollte man etwas nebenbei kochen, so geschah es auf Kohlen in dem neben dem Herde eingemauerten Kasserollen oder auf einem Dreifuß am Herdfeuer. Auf dem Herde selbst wärmte man denn auch wohl die Füße, die auf dem steinernen Fußboden der kalten Küche erstarrten, deren weiter Schornstein alle Wärme wegnahm gleich wie die Tür, die nach außen führte, wenn man sie nicht jedes Mal hinter sich zu machte.* (18. Brief, S. 291) Edison erfindet 1870 die elektrische Glühbirne, Sicherheitszündhölzer mit getrennter Reibmasse sorgen ab 1844 für neuen Luxus in den Haushalten – Errungenschaften, über die sich Antje freuen wird, weil die *großartigen Fortschritte auf dem industriellen Gebiete so viele Erleichterungen und Verschönerungen im Haushalte* (18. Brief, S. 291) herbeiführen. Ein Döschen mit Zündhölzern ist denn auch Antjes Weihnachtsgeschenk an Ysaac mit begleitenden Worten: *„Vom Himmel herab brachte Prometheus das ewige Feuer. / Und sorgsam bewahrte die dankbare Menschheit den glühenden Funken. / Doch jetzt siehet verächtlich der kluge Mensch auf den göttlichen Helden, / Aus winzigem Döschen holt nun er hervor die einstige Tochter des Himmels!"* (19. Brief, S. 294) Aber auch dies macht scheinbar wenig Eindruck auf Ysaac, der seine im Elternhaus erlernte Sparsamkeit pflegt: Bis an sein Lebensende benutzt er Fidibusse, die aus Papierabfällen gefertigt werden; später helfen dabei die Enkelkinder. Jedes Stückchen unbedruckten oder unbeschriebenen Papiers wird aufbewahrt und für Notizen verwandt, Korke aller Art gesammelt sowie alle Kleinigkeiten, die noch Dienste leisten könnten. Antje wendet sich an ihn, wenn sie um eine Steck- oder Nähnadel verlegen ist, fast immer wird sie fündig.

Licht und Wärme sind also noch ein Gut, das für tägliche Mühen sorgt. In den Stuben und der Küche begnügt man sich mit Talgkerzen und primitiven Öllampen: *Damals aber hielt man den Docht* [...] *an eine Kohle, die man mit der Zange faßte und blies so lange, bis ein Flämmchen erschien und ein gleiches im Docht hervorrief. Und in der Stube? Während Ihr jetzt Eure schöne Lampe im Augenblick hell leuchtend entzündet, holte ich damals ei-*

*ne Talgkerze aus meinem Vorrate, steckte sie auf den messingenen Leuchter, nahm einen Fidibus, hielt ihn im Ofenloch, wo sich eine Flamme zeigte; wenn nicht, mußte mein tiefgeholter Atem nachhelfen und ich blies und blies, bis die Flamme erschien und mein Fidibus sie auf die Kerze übertrug, deren ständige Begleiterin die Lichtputzschere war, die den verkohlten Docht entfernen musste, um das immer flackernde Licht, wenn es anfing, dunkler zu werden, aufs Neue heller zu machen.* (18. Brief, S. 292) Auch in den Straßen ist es finster, nur hie und da brennen einzelne Öllampen in einer Laterne. Der Hausherr ist ebenfalls gefordert. Gerade im Winter wird die Stadt oft durch Sturmfluten überschwemmt. Dann heißt es nachts raus aus den Betten, denn mit dem bestellten Zimmermann müssen die Schutzbretter in die Türen eingesetzt werden, um ein Eindringen der Wassermassen zu verhindern. Später wird sich Ysaac für den Bau einer Schleuse einsetzen, wobei er wohl weniger an die schlaflosen Nächte gedacht haben wird als an die wirtschaftliche Entwicklung des Hafengebietes.

Was für Antje bisher nur ein Wort war, das wird nun Erfahrung: Geburt – heute und damals ganz verschieden. Erst im 20. Jahrhundert wird die Rückenlage üblich – zum Vorteil für Ärzte, zum Nachteil für Frauen. Also ein Gebären im Reit- oder Schneidersitz, im Kauern oder Hocken. Natürlich eine Hausgeburt, sie ist zu dieser Zeit selbstverständlich. Der Ehemann, der sicher nicht mit im Schlafzimmer ist – er wird dem Arzt und Antjes Stärke vertrauen –, bangt, es geht alles gut! Am 15. Oktober 1831 wird der erste Sohn, Bernhard, geboren. Und Antje? Kein Wort darüber, ob es leicht oder schwer war. Der Tod ihrer Schwägerin Martha wenige Tage später dämpft alle Freude. Aber auch bei allen weiteren zehn Geburten wird die Ankunft der Kinder wohl vermerkt, Einzelheiten werden aber nicht genannt. Für heutige Frauen unvorstellbar, die sich zum Leidwesen anderer stundenlang über ihre „Heldentat" äußern können.

Stillt Antje ihre Kinder? Sie selbst erwähnt dies nicht, aber es ist anzunehmen. Seit der Jahrhundertwende weiß man um den Wert der Muttermilch, die Säuglingssterblichkeit ist wegen schlechter Milch hoch, künstliche Säuglingsnahrung wird erst Mitte des 19. Jahrhunderts entwickelt. Antje ist eine kluge, interessierte Frau, sie wird sich auch hier informiert haben.

Muttersein und -werden sind gottgewollte, natürliche Pflichten, die sie erfüllt, doch darüber zu reden ist nicht ihre Art. Wichtig ist dies aber zum Verstehen der kommenden Jahre, denn Schwangerschaften und Stillen über mehr als zwanzig Jahre sind eine kraftraubende Leistung. Zudem mag der Verlust der eigenen Mutter dazu geführt haben, dass sie diesen emotionalen Punkt umgeht. Wie soll denn auch eine Frau über ihre Gefühle berichten, die die Liebe der leiblichen Mutter nie spüren konnte? Das hält sie aber nicht davon ab, eine sehr engagierte Mutter zu werden, die den Kindern dieser Welt einen größeren Dienst erweist als viele andere. 1892 erscheint ihr Buch „Gedanken und Winke über die Frage, wie wir das Wohl unserer Kinder fördern können". Die Zweiundachtzigjährige fasst hierin Fragen und Antworten zusammen, die selbst beim heutigen Lesen unglaublich modern erscheinen. Darüber hinaus wird sie sich engagiert um eine bessere Bildung für junge Mädchen einsetzen, indem sie jahrelang aktiv an der Schaffung einer Höheren Töchterschule mitarbeitet. Aber so weit sind wir noch nicht, zurück zur jungen Familie.

Ysaacs Geschäfte haben offensichtlich Erfolg: Im März 1832 wird in dem etwa fünfzehn Kilometer entfernten Dorf Groothusen ein Landsitz für 25.000 Gulden erworben, wobei hierfür auch die Mitgift verwandt wird. 25.000 Gulden, ist das viel oder wenig? Immer wieder stößt man bei einer Biographie auf Geldangaben, die man zunächst einmal niederschreibt. Einfach ist es, den Leser damit allein zu lassen, er wird sich schon dabei etwas denken. Man muss sich schon die Mühe machen, diese Zahlen zu hinterfragen, um sie schätzungsweise einordnen zu können. Dies geht nur, wenn man die Kaufkraft einer Währung kennt und diese zur heutigen ins Verhältnis setzt. Der Dresdner Münzvertrag von 1838 vereinheitlicht die Münz- und Währungsverhältnisse in Nord- und Süddeutschland von Talern beziehungsweise Gulden. Demnach ist ein Gulden ein zweidrittel Taler. Mit der Währungsumstellung 1873, nach Gründung des Deutschen Reiches, werden aus einem Taler drei Mark. Ende des 19. Jahrhunderts hat eine Mark die Kaufkraft von neun bis zehn Euro. Es ergibt sich also die erstaunliche Summe von 510.000 Euro! Dies ist nun eine Zahl, mit der wir etwas anfangen können.

Obwohl Antje dagegen ist, wird im April bei plötzlich einsetzendem Schneefall der neue Besitz im halboffenen Reisewagen besucht. Auch der eineinhalbjährige Sohn Bernhard ist dabei. Antje empfindet den Neuerwerb als *geradezu schreckliche*[s] *altes*[s] *Gebäude mit seinem nichts weniger als gemütlichen Pächter* (4. Brief, S. 63), aber Ysaac ist als Geschäftsmann zufrieden, nun seine Pläne über Abriss und Aufbau erstellen zu können. Auch sieht er die Chance, hier dem Landkind in seiner Frau gerecht werden zu können. Im Sommer 1833 sind alle Arbeiten für 655 Reichstaler (rund 20.000 Euro) ausgeführt, ein Jahr später erfolgt ein Neubau, der Appelhof. Hier legt Ysaac eigenhändig im blauen Kittel samt Messer einen Garten an, zu Fuß macht er sich hierher auf, begleitet von dem Sohn Bernhard, wobei dieser auch getragen wird – sehr zum Verdruss der Mutter. So viel scheint sicher: Dieser Mann weiß, was er will. Aber auch Antje sieht nun die Möglichkeit, den engen Gassen Emdens zu entfliehen und Ruhe im Grün der Natur zu finden. Ein schweres Jahr liegt hinter ihr: Im Juni 1833 erleidet sie eine Frühgeburt im siebten Monat, an der ein Ausflug zu Lande wohl nicht unschuldig ist, zu dem Ysaac sie überredet hat. (Vgl. 4. Brief, S. 63ff) Das Mädchen stirbt einige Tage nach der Geburt – auch hier kein Wort über den Schmerz! Eine Geschäftsreise nach Belgien wird genutzt, um der trauernden Mutter Vergnügen und Erholung zu bieten. Dabei werden auch schlechte Quartiere in Kauf genommen, *in dem unsere Pferde vielleicht besser aufgehoben waren als wir. Schlechte Betten, die wir zurücklegten und uns Stroh ausbaten; Pellkartoffeln und roher Schinken waren unsere Mahlzeit an dem Tage.* (4. Brief, S. 66) Vom 27. August bis zum 10. Oktober ist die Familie unterwegs, ja, die Familie, denn die Eltern wollen sich nicht von ihrem Kind trennen und nehmen es samt Magd und der Schwester Tina mit. Ein fast zweijähriges Kind auf einer holprigen Fahrt in einer halboffenen Kutsche – und dies über Wochen? Nicht gerade ein Vergnügen, aber ein Zeichen dafür, wie wichtig es den beiden gewesen sein muss, ihren Sohn bei sich zu haben in einer Zeit, als Kinder selbstverständlich der Obhut anderer für lange Abwesenheit überlassen wurden. Für uns heute fast undenkbar, wo Eltern quasi eine Dauerpräsenz für ihre Kinder schaffen wollen. Nach dem Verlust ihres Kindes ist aber vorstellbar, dass Antje hier stark insistiert hat, und die Sorge geht noch weiter: *Weil wir Bernhard nachts in keine fremde Wiege und in fremdes Bettzeug legen wollten, hatten wir ein kleines Kopfkissen und eine Decke im Sitzkasten des Wagens nebst sonstigen für ein kleines Kind nötigen Sachen. Ein Sitzkissen des Wagens diente als Unterlage und genügte vollständig.* (4. Brief, S. 64)

Vierundsiebzig Seiten umfasst das Tagebuch, das Ysaac unterwegs anlegt. Antje selbst bezeichnet die Reise als *etwas gewagt* (5. Brief, S. 79). Was sie nicht erwähnt: Sie ist wieder schwanger, im Juni des folgendes Jahres kommt Martha gesund und munter auf die Welt, vier Wochen später quartiert sich die Familie in der neuen „Villa", einfachst möbliert, in Groothusen bis zum Oktober ein. Ysaac kommt am Sonnabend nach Kontorschluss, was oft 21 Uhr bedeutet, wegen der schlechten Wege ist es bei seiner Ankunft oft Mitternacht. Bei der Rückkehr nach Emden findet die Haufrau die Sachen verschimmelt in den Schränken vor, also wie heute nach einer „Männerwirtschaft". Aber: *Die langen Abende* [nun im Herbst, K. B.-A.] *ließen mich dann das Wohnen in der engen Straße vergessen, was mir im Sommer schwer geworden wäre, da ich in Norden gewohnt gewesen war, vor dem Hause und hinter demselben im Grünen zu sein.* (5. Brief, S. 80) Nun beginnt auch wieder das gesellige Leben mit befreundeten Familien, wobei auch hier besondere Verantwortung zu spüren ist. Für notleidende Freunde übernimmt Ysaac auf deren Wunsch die Geldangelegenheiten und bringt mit seinem Geschick nach zum Teil jahrelangem Einsatz die Dinge wieder in Ordnung, auch hilft er aus, wenn Not am Mann ist. Überhaupt ist die Armut groß in Emden, besonders im Winter, wenn Handel und Wandel wegen der schlechten Wegverbindungen nach außen stocken. Bettler ziehen am Bronsschen Hause vorbei, im Winter 1836 ist die Not so groß, dass wochenlang täglich ein Waschkessel voll Bohnensuppe den Hungernden gereicht wird. Antje selbst kauft ein Stück Wolle und schneidert für die armen Frauen und Kinder Kleider daraus zurecht. Was sicher zunächst einmal sehr menschliche Züge sind, bedeutet mehr. In der Geschichte der Mennoniten ist dies immer wieder in den Gemeinden gelebt worden, weil ein Zusammengehörigkeitsgefühl nicht nur durch gemeinsame Kirchbesuche bewiesen werden kann. Die eigene Verantwortung erstreckt sich auch auf das Wohl anderer, so erfüllt dieses Paar damit seinen christlichen, mennonitischen Auftrag. Aber auch andere handeln im Gemeinsinn, die in der Gründung einer Arbeitsunterstützungsanstalt mündet. Natürlich ist Ysaac mit von der Partie und kümmert sich um die Errichtung und geschäftliche Leitung einer Weberei für Baumwolle.

Daneben gibt es das ganz normale geschäftliche und häusliche Leben: *Im übrigen wurde Euer Vater von öffentlichen Arbeiten nicht behelligt und lebten wir uns selber* [sic!]. (5. Brief, S. 80) Das politische Interesse beschränkt sich im Wesentlichen auf die Wahrung alter Privilegien und Verwaltungsformen, die gegen das Königreich Hannover verteidigt werden müssen. Als König Ernst August nach seiner Thronbesteigung 1837 das Staatsgrundgesetz außer Kraft setzt, ist Ysaac zutiefst empört. Die Bewohner der Stadt erkennen, dass man nicht länger schweigen dürfe. Als bereits angesehener und unabhängiger Bürger wird er von Emden als Abgeordneter in die Hannoversche Ständeversammlung gewählt, was König Ernst August aber wegen der Gesinnung Ysaacs verhindert. „Gerade der nicht", soll der streng lutherische Regent laut Erzählungen vermerkt haben, und in Klammern „weil er Mennonit ist". Nach vielem Hin und Her verzichtet Ysaac auf dieses Amt „im Interesse der guten Sache". Er hatte dies befürchtet, da nur Angehörige der Landeskirche öffentliche Ämter ausüben dürfen. Aber sein politisches Interesse ist geweckt. Der Gegensatz zwischen Regierung und der Mehrheit der Bevölkerung wird in den folgenden Jahren immer deutlicher.

Das Haus füllt sich mit gesunden, frischen, aber auch unbändigen Kindern, nahezu im Zweijahrestakt werden bis 1853 acht weitere Kinder geboren, die Söhne Johann, Karl, Sicco

Theodor, die zweite Tochter Anna Imina, die Söhne Claas Wessel, Heiko Albert, Friedrich Lübbert und Katharina. Die richtige Erziehung liegt den Eltern sehr am Herzen. Auch die Bedeutung der Familie ist in diesen Zeiten im Wandel. Anstelle der Zweckgemeinschaft, wie in der Vergangenheit, wird sie nun als ein Ort der Liebe und Geborgenheit erlebt. Vorbei sind die Zeiten, als sich Ehepartner und Kinder ihre Eltern siezten. Das Biedermeier hat Nähe geschaffen, das Du schafft auch sprachlich Intimität. Aber lassen wir die Kinder selbst reden. Der älteste Sohn Bernhard schreibt im Jahre 1903 in einem Buch über seine Mutter: *Das beste, was die Literatur über Erziehung bot, wurde gelesen, um das eigene Urteil möglichst den rechten Weg finden zu lassen. Der Vater hielt mit unnachsichtiger Strenge auf Gehorsam und Ordnung, vor allem war er aber selbst ein unerreichtes Vorbild von Strenge gegen sich selbst, von Ordnung, Arbeitskraft, Gewissenhaftigkeit; und daher tat keine so nachdrückliche Tracht Schläge der Bewunderung für ihn Eintrag. Aber die Mutter stand uns Kindern doch näher, schon weil sie doch immerhin weniger mächtig war* [...]. *So hat sich in unserer Erziehung* [...] *das Strenge mit dem Zarten, das Starke mit dem Milden gepaart, und es hat einen guten Klang gegeben, verschieden ja nach der Art des Instruments freilich: hier Geige, dort Trommel. Heißer Dank sei den Eltern dafür!* (B. Brons, Lebensbild, S. 27) Was sich hier wie ein harmonisches Duo anhört, dürfte in der Wirklichkeit auch zu Disharmonien geführt haben. Antje bezeichnet sich selbst als „Kinderadvokat“: *Hinter diesem Titel ahnte ich eine Gesinnungsgenossin und kaufte das Buch. Bin ich doch in meinem ganzen Leben ein Kinderadvokat gewesen. Ich habe es namentlich für meine eigenen Kinder sein müssen, weil ich mir Mühe gab, mich in ihr Gemütsleben hinein, mich auf ihren seelischen Standpunkt zu versetzen. Hatte ich doch selbst an mir zur Genüge erfahren, wie leicht man in unbedachter, gefährlicher Weise mit ei-*

*ner Kinderseele umgeht, wo man glaubt, erziehlich auf sie einzuwirken. Man sollte sich weniger bemühen, die Kinder zu erziehen, als von ihnen zu lernen. Sie fühlen das Wahre der Verhältnisse oft besser heraus, als man glauben sollte; sie sind der göttlichen Abkunft doch näher.* (Antje Brons in: B. Brons, Lebensbild, S. 27)

Ein Advokat glänzt nicht dadurch, dass er etwas weiß, sondern sein Wissen zielgerichtet für seinen Mandanten einsetzt. Antje schreibt Ende Juni 1848 an Ysaac: *„Mit jedem einzelnen werde ich leicht fertig; aber ich habe nicht immer die Umstände in Händen, die auf sie einwirken. – Muß immer schlichten und richten und immer augenblicklich herausfühlen, wie die Sachen stehen, damit jedem sein Recht geschehe, und jeder vor Beeinträchtigung gewahrt werde. Übrigens weiß ich wohl, daß man oft zu viel an den Kindern herumerzieht und zu viel Kunst anwendet. Man muß jedes nur aus sich selbst sich entwickeln lassen, soviel wie möglich sich der Umstände – dieses Haupterziehungsmittels – bemächtigen und bedienen, die schädlichen abzuhalten, und die guten in die Nähe ihrer Anziehungskraft zu bringen suchen; sie immer in die Höhe ziehen, durch Erwartungen, die man von ihnen hegt; die Kleineren entschuldigen in Gegenwart der Größeren, weil sie noch jünger und folglich dümmer seien wie sie; nie ihnen schlechte Motive unterlegen; sie keiner Unwahrheit fähig halten; zur rechten Zeit Wahl- und Kernsprüche anwenden als Kräftigungsmittel und, was ich wohl noch hätte hinzufügen können, ihnen nicht zu früh und zu viel Moralpredigten halten und erst recht nicht, wenn sie aufgeregt sind, sondern, wenn sie wieder ruhig geworden, ihnen ein gutes Wort in die Seele legen. Und ich müßte mich gewaltig täuschen, wenn auf diese Weise eine Menschenseele verunglücken sollte!“* (6. Brief, S. 107f)

Dies ist ihr Plädoyer gegen ihren acht Jahre älteren Mann. Antje ist eine Kämpferin, die ihr Ziel nicht aus den Augen lässt. Dabei werden ihr die geschäftlichen Erfolge des Mannes geholfen haben. Die Familie wächst, das Unternehmen auch. Damit wird Ysaac schon aus zeitlichen Gründen seiner Frau die überwiegende Verantwortung für die Erziehung der Kinder abgetreten haben: 1837 wird Ysaac zum englischen Vizekonsul ernannt, ein Jahr später wird die bereits seit zwölf Jahren bestehende Handelsfirma Y. & B. Brons eingetragen, die er mit seinem älteren Bruder Bernhard führt. Es wird zunächst mit Getreide gehandelt, doch schon bald wird das Unternehmen um eine Bank und Reederei erweitert, das erste Schiff heißt natürlich „Antje Brons“, das 1845 erstmals Auswanderer von Emden nach Nordamerika bringt. Ab 1841 setzt sich Ysaac nachhaltig als Politiker für den Bau einer Eisenbahn zwischen Emden und dem Ruhrgebiet ein, die sogenannte Hannoversche Westbahn. 1845 hat er das Gründungskapital zusammengebracht, und 1856 wird die Bahn feierlich eröffnet. 1838 wird er Mitglied des Emder Bürgervorsteherkollegiums, 1848 gründet dieser Mennonit ob der Wirren der Zeit eine Emder Bürgerwehr und vertritt als Abgeordneter in der Deutschen Nationalversammlung vor allem die Interessen der deutschen Seeschifffahrt und der Seehäfen. Darüber hinaus leitet er die Bildung eines Marinekomitees in den Küstenstädten und wird von der Nationalversammlung zum ersten deutschen Reichskommissar für Marineangelegenheiten ernannt. Weiter betreibt er die Errichtung einer Dampfschifffahrtsgesellschaft, die die Städte Emden, Leer und Delfzijl in den Niederlanden sowie die Inseln Borkum und Norderney verbindet; das erste Dampfschiff aus England nimmt 1844 den Betrieb auf. Dies alles im Zeitraffer, die Belastungen für eine Familie mit einem derart aktiven Oberhaupt kann man nur erahnen. Der Spruch „Hinter jedem erfolgreichen Mann steht eine starke Frau“ scheint sich hier wieder einmal zu bestätigen.

Aber so ernsthaft und wohlüberlegt dieser Mann seine Geschäfte ausführt, so erfüllt er die Aufgaben des Familienvaters mit ebenso großem Verantwortungsgefühl, Fürsorge und Sorgfalt. Gerne spielt er mit den kleinsten Kindern, wenn auch nur für kurze Augenblicke. Am Nachmittag vor dem gemeinsamen Spaziergang sieht er zuerst nach dem Thermometer und der Wetterfahne, um danach die windgeschützten Wege zu wählen. Keinen Abend geht er zu Bett, ohne noch einmal nach den Kindern zu sehen, selbst bei Festen und anderen Veranstaltungen versäumt er dieses nicht. Bei Erkrankungen der Kleinen übernimmt Ysaac die Pflege für die Nacht, um seine Frau zu schonen. Jeden Abend geht er mit der Laterne in der Hand und der langen Pfeife im Mund noch einmal zur Kontrolle wegen möglicher Feuergefahren durch sämtliche Zimmer nebst Boden, Keller und Küche und wirft noch einmal einen prüfenden Blick nach vorn und hinten auf die Nachbarhäuser. Sicher, er ist ein strenger Vater, der beruflich extrem gefordert ist. Aber die wenige Zeit, die ihm bleibt, nutzt er für die Rolle des allseits umsorgenden Familienoberhaupts. Der deutsche Ex-Bundeskanzler Helmut Schmidt antwortete einmal auf die Frage, ob er zu wenig Zeit für seine Familie zur Verfügung hatte: „Ein guter Vater zu sein hat nichts mit der Verfügbarkeit von Zeit zu tun.“ Diesen Satz hätte Ysaac Brons wie so viele andere Zitate in seinem Leben unterstrichen.

Mit dem Erfolg kommt natürlich auch weiterer Wohlstand, 1839 wird eine Burg mit großem Garten in dem Dorf Westerhusen gekauft, zwei Jahre später bezieht die Familie ein stattliches Wohnhaus in Emden am Delft, Alter Markt 1. Antje hat einen Umzug schon lange gewünscht, zumal es mit den schulpflichtigen Kindern, die sie bis jetzt selbst unterrichtet hat, nun nicht mehr möglich ist, die Sommer ausgedehnt in Groothusen zu verbringen. Anfang 1840 ist ein geeignetes Haus erworben, aber ein umfangreicher Umbau nötig. Ysaac selbst macht sich an die Arbeit, einen Plan auszuarbeiten, im Mai rücken die Handwerker an. Jeden Morgen um fünf Uhr steht der Bauherr, bewaffnet mit einem Maßstock, bei den Arbeitern, danach kurze Anordnungen im Kontor, ein Kaffee stehend, um neun Uhr ein Butterbrot mit Radies. Was dabei herauskommt, gilt als gediegen. Ende Februar des folgenden Jahres zieht die Familie samt drei Monate altem Säugling bei eisiger Kälte um. Richtig fertig ist der Bau selbstverständlich nicht. Es ist noch ziemlich ungemütlich, aber immerhin lassen sich so die Restarbeiten besser beaufsichtigen.

Gut ein Jahrzehnt dauert nun diese Ehe. Was ist daraus geworden? *Das erste Jahrzehnt unserer Verbindung war nun verflossen und aus den in dieser Zeit gemachten Ansätzen in gesellschaftlicher, politischer und gemeinnütziger Hinsicht, entwickelten sich neue. Da sie nicht hervorgegangen waren aus Hochmut und ein Sichhervordrängenwollen, noch aus Ehrsucht und Eitelkeit, sondern folgerichtig aus dem richtigen Erfassen und Wertschätzen der in den Weg gelegten Thatsachen, sowie in einem durch die Verhältnisse gebotenen Hervorgerufensein, so führten sie auch nicht auf gefährliche, pekuniäre oder sittliche Abwege, sondern zu einer segenbringenden größeren Entfaltung und Geltung.* (5. Brief, S. 87) Zwei Sätze, die man wohl auch zweimal lesen muss, um die äußerst vorsichtige Beschreibung des Erfolgs und Glücks zu erkennen. Heute würde man eher sagen: Es läuft super! Aber selbst die vielleicht vornehme Zurückhaltung des 19. Jahrhunderts berücksichtigend, ist die obige Formulierung typisch für diese Frau. Sie steht dem Glück vorsichtig gegenüber, indem man es ausspricht, könnte schon Überheblichkeit mitschwingen, Bescheidenheit ist angebracht. Glück ist ein zerbrechliches Gut, Glück muss erarbeitet werden, um es sich zu verdienen, und damit ist die Pflicht erfüllt, was glücklich macht.

Aber es gibt auch Sorgen. Ysaacs Gesundheit hat gelitten, der Körper fordert Tribut nach über zwanzig Jahren übermäßiger Arbeit. Für ihn und Antje stellen sich *fast unerträgliche Gemütsstimmungen* (5. Brief, S. 91) ein, die auch sie geistig wie körperlich angreifen. Ysaacs Husten wird sich während einer Kur im Juli 1843 in (Bad) Ems bessern, Antje erholt sich in Groothusen. Neu gestärkt und scheinbar genesen kehrt Ysaac zurück und erfüllt seine Aufgaben mit *erneuter Energie, kolossaler Ausdauer und Gründlichkeit* (ebd.). Im folgenden Jahr wiederholt sich der Kuraufenthalt, dieses Mal hat Antje ihm Bücher über die „Erziehung des Menschen in seiner fortschreitenden Entwicklung“ von Madame Neckar des Saussure ins Gepäck gelegt, die Ysaac nicht lesen wollte, weil sie von einer Frau verfasst sind. Ysaac schreibt Antje in einem Brief: *„Ich habe das Buch schon weit und weiter gelesen. Es ist sehr gut! Eine solche Frau mag wohl schreiben!* [...] *Thue Dir unbedenklich darauf etwas zu Gute, daß Du Deinen Oberherrn überwunden hast; ich gestehe Dir mit großer Genugthuung, daß ich leichtsinnig über das Buch hinweggesehen habe.“* (5. Brief, S. 93) Da weiß er noch nicht, dass seine eigene Frau später selbst Bücher schreiben wird. Auffallend an diesen Zeilen ist der neckende Unterton, obwohl es ja um eine grundlegende, wichtige Frage geht. Ysaac bezeichnet sich zwar selbst als Oberherrn, der auch eine Niederlage zugeben kann. Bei einem Oberherrn muss es aber auch noch einen anderen geben: Antje. Sie hat es offensichtlich geschafft, sich neben diesem starken Mann einen Platz als anerkannte Partnerin aufzubauen. Sohn Bernhard schreibt dazu in seinen Erinnerungen: [...] *Da genügte es dann dem nichts halb tuenden Vater nicht, wenn die Mutter sich seiner, nach seiner Überzeugung besseren Einsicht fügte; dazu war seine Liebe* *zu ihr zu tief, war sie zu sehr ein Stück von ihm selbst* [...] *nein, seine Überzeugung sollte die ihrige werden* [...], *eins mit ihm sein. Darauf arbeitete er mit aller Macht seines überlegenen Verstandes und seiner rastlosen Beharrlichkeit hin. Und hier war nun der Punkt, wo der Mutter die Gefahr drohte, ihre geistige Selbständigkeit zu verlieren und bei aller Liebe geknickt zu werden.* (B. Brons, Lebensbild, S. 28) Nein, leicht hat sie es wohl nicht gehabt, aber sie selbst verfügt über Geist und Kraft, die sie seit Kindesbeinen an nötig hatte. Mit dem Anspruch, nicht Sklavin des Mannes zu sein, ist sie diese Ehe eingegangen, und daran arbeitet sie beharrlich weiter. Sicher nicht nach außen, aber der Brief aus der Kur zeigt, dass diese beiden Menschen sich in ihrem Geist messen, gegenseitig anerkennen. Gleichstellung, wie wir das heute nennen, bedeutet dies sicher nicht. Dennoch bleibt festzustellen, dass diese Ehe für das 19. Jahrhundert moderne Züge trägt, dass eine Partnerschaft gelebt wird, von der heute noch manche Frau träumt.

Also, Erfolg im Beruf und in der Ehe. Auch gesellschaftlich geht es steil nach oben wegen der öffentlichen Ämter. Im Winter 1843 ist im neuen Zuhause der Große Saal fertiggestellt, hier müssen also seit zwei Jahren weiter die Handwerker ein- und ausgegangen sein. Ein Graus für jede Hausfrau! Im März wird der erste Ball mit zweiundsiebzig geladenen Gästen gegeben, im selben Monat das erste Dinner, was der Mutter mit fünf Kindern *nicht leicht wurde* (5. Brief, S. 94). Im September 1845 folgt der zweite Ball mit dreiundachtzig Menschen, steigende Tendenz. Das Jahr der Unterbrechung lässt sich gut erklären, Antje ist wieder Mutter geworden, ihr Sohn Claas ist geboren. Antje: *Bei all' den Arbeiten und Mühen hatte Ysaac dennoch Lust und Kraft, Gesellschaften zu geben, und ich ebenfalls* [...]. (5. Brief, S. 94) Frei nach dem Motto „Wer arbeitet, darf auch feiern“ genießen die beiden ihr Leben, *ein mühevolles, aber ein sorgenfreies und fröhliches.* (6. Brief, S. 99)

Doch die Zeiten werden unruhig, politische Fragen drängen sich mehr und mehr auf, die Völker Europas begehren auf gegen die alten Machtstrukturen, das Volk ist erwacht. Die Epochen der Aufklärung und Romantik haben ihre Spuren hinterlassen. Von 1720 bis 1800 herrschte das Ideal des vernunftbegabten Menschen unter Führung von Kant, Schiller oder Lessing, ab 1799 dagegen unter den Jenaer Rebellen um August Wilhelm Schlegel wird das Ich mit aller Schwärmerei und dem Versenken in die Natur gefeiert. Der Ruf von Frankreich nach Freiheit, Gleichheit und Brüderlichkeit, die Erklärung von Menschen- und Bürgerrechten haben bereits 1806 das Heilige Römische Reich Deutscher Nation nach dreizehn Kriegsjahren zusammenbrechen lassen. Achthundertfünfzig Jahre hat dieses monströse Staatsgebilde von rund dreihundert absolutistischen Fürstentümern unter dem Habsburger Franz II. bestanden, kurze Zeit später ist unter den Angriffen des Revolutionsgenerals Napoleon Bonaparte auch die Großmacht Preußen geschlagen. Voller Entsetzen haben die Romantiker mitansehen müssen, wie aus dem Freiheitsideal eine brutale Machtpolitik geworden ist, einige von ihnen sind nun zu Patrioten geworden, die sich unter der französischen Besetzung fragen, was denn das Wesen und der Ursprung der Deutschen sein könne. 1813 ruft Preußens König Friedrich Wilhelm III. sein Volk zu den Waffen, ein gutes Jahr später ist Napoleon Bonaparte besiegt. Der Wiener Friedenskongress 1814/15 beendet die Zeit politischer Wirren, auf das Heilige Römische Reich folgt der Deutsche Bund – ein lockerer Zusammenschluss von zunächst vierunddreißig Staaten und vier Freien Städten unter österreichischem Vorsitz. Aber enttäuscht sind davon all jene, die für ein freies, einiges

Deutschland gekämpft haben. Die wiedererstarkten Fürsten führen den Bund in die Restauration – Spitzel, Geheimpolizei und Zensoren gehen rigoros gegen jede patriotische und nationale Bestrebung vor. Nun bleibt der erwachten Nationalbewegung nur noch ein Abtauchen ins Geheime, die Bürger, nun ausgeschlossen von jeder politischen Mitbestimmung, suchen ihr Glück im Privaten mit literarischen Salons, Ausflügen aufs Land und Hausmusik – es ist die Geburtsstunde des Biedermeier. Aber eines verbauen die Regierungen nicht: das Unternehmertum. Eine kapitalistische Marktwirtschaft entwickelt sich, und damit wird zunehmend aus einem rückständigen Agrarland eine aufstrebende Industrienation. Doch nach Jahrzehnten erzwungener Ruhe lässt sich das Bürgertum bald auch politisch nicht mehr besänftigen, die Nationalbewegung erfasst nach den Intellektuellen nun auch Handwerker, Kaufleute und Gastwirte. „Was ist des deutschen Vaterlandes" wird in den neu entstandenen, ostfriesischen Turnvereinen gesungen, der erboste König Ernst August in Hannover schickt Polizei zur Beaufsichtigung. *Durch Polizeimaßregeln aber läßt sich der Geist nicht bannen. Ein Windhauch aus der rechten Gegend kann den Funken zur Flamme anblasen; doch wehe, wenn sie losgelassen und der Zucht entwachsend verheerend um sich greift.* (6. Brief, S. 100) Der große, alte Mann Europas, der österreichische Staatskanzler Fürst Metternich, meint zum Jahreswechsel 1847/48: „Das abgelaufene Jahre ist das wirrste von allen gewesen, die ich als Zuseher und Handelnder auf dem Welttheater durchlebt habe. [...] Das Jahr 1848 wird die Stellungen klären." (Freund, Deutsche Geschichte, S. 567)

Zunächst einmal gerät alles aus den Fugen, die Revolution breitet von Frankreich ihre Schwingen aus, die Regierungen wanken und stürzen nacheinander. Hilflosigkeit und Ratlosigkeit kennzeichnen das Geschehen in allen deutschen Ländern, Gewalt herrscht auf den Straßen und eskaliert. Dies ist auch in Ostfriesland zu spüren, obwohl der König einlenkend alles zuvor Verwehrte nun verspricht. In Groothusen stehen die Arbeiter mit drohenden Mienen vor dem Pächter und fordern *ihre alten Rechte, welche, das wußten sie nicht.* (6. Brief, S. 101) Nur mit geladenem Gewehr kann die Ruhe wiederhergestellt werden. In Emden wird eine Bürgerwehr gebildet, Ysaac ist Hauptmann der 7. Kompanie. Neben all diesen Ausschreitungen gibt es aber auch eine gemäßigtere Partei, die von dem Gedanken an die Einigung Deutschlands getrieben wird: Schwarz-Rot-Gold ist die Losung, Kokarden an den Hüten der Männer, Schleifen in denselben Farben an den Frauen und Mädchen, schwarz-rot-goldene Fahnen an den Häusern. Im März 1848 entsteht in Heidelberg der Gedanke, eine Nationalversammlung ins Leben zu rufen. Antje schreibt dazu: *Infolgedessen kamen schon am 31. März beinahe 600 Volksmänner in Frankfurt am Main zusammen und hielten in der Paulskirche ihre Sitzungen ab. Das war das Vorparlament. – In diesem wurde nun beschlossen, daß bis zum 1. Mai eine konstituierende deutsche Nationalversammlung zusammenberufen werden solle, um die künftige Verfassung Deutschlands, ohne Rücksicht auf Widersprüche der Fürsten festzustellen.* [...] *Am 7. April beschloß die deutsche Bundesversammlung in Frankfurt notgedrungen die Verordnung an alle Bundesstaaten, sofort die Wahlen zu einer Nationalversammlung vorzunehmen und zwar so, daß von je 50.000 Seelen ein Vertreter gewählt werde.* (6. Brief, S. 103)

Am 5. Mai treten die Wahlmänner des 25. hannoverschen Wahlbezirks zusammen, bis auf vier Gegenstimmen fällt sie zugunsten Ysaacs und zwei weiteren ostfriesischen Abgeordneten aus. *Hier in der Stadt wurde das Resultat mit Jubel aufgenommen und dem Gewählten Ovationen gebracht.* (6. Brief, S. 104) Das Königliche Ministerium fordert die Deputierten auf, sich sofort, jedenfalls aber vor dem 18. Mai, nach Frankfurt zu begeben. Frankfurt, die Krönungsstadt der deutschen Kaiser, ist wegen der alten Reichsromantik zum Tagungsort bestimmt worden, zudem ist die neu erbaute Paulskirche eines der wenigen Gebäude in Deutschland, das sich als Versammlungsort für solch eine große Menschenmenge von offiziell 649 Abgeordneten eignet. Zwei Wochen Zeit werden also gegeben, um persönliche Dinge in Voraussicht einer langen Abwesenheit zu klären. Der Lohn für den Dienst am Vaterlande: drei Taler Diäten plus Reisekosten. Die lange Abwesenheit ist am Ende ein ganzes Jahr, zwölf Monate, die der Geschäftsmann und Vater von acht Kindern mit zwei weiteren ostfriesischen Deputierten in endlosen Sitzungen ausharrt. Und Antje? Sie selbst bezeichnet diesen Gang als *kein geringes Opfer.* (Ebd.) Ohnehin haben den Mann seine vielen Aufgaben schon im Vorfeld belastet, die Folgen bekommt auch die Familie zu spüren. Von Kurzangebundenheit und Heftigkeit ist die Rede. Und nun noch dies! Antje: [...] *hätte er nicht, was das Geschäft anbetraf, dies seinem Bruder Bernhard und die Kinder mir mit vollem Vertrauen zurücklassen können, so würde er die Wahl nicht angenommen haben und so war denn unser Anteil an diesem Opfer kein geringerer, wenn auch für uns alle ein erfreulicher, ehrenvoller und das Gefühl befriedigender.* (Ebd.)

Ysaac ist ganz erfüllt von dem Gedanken an seine neue Tätigkeit und hat vollauf zu tun. All seine Energie setzt er in diese neue Aufgabe, alles andere tritt in den Hintergrund, was auch Antje spürt: *Und so wurde ich schon vor seiner Abreise dran gewöhnt, Vater und Mutter zugleich zu sein.* (Ebd., S. 105)

Der Deputierte Brons erlebt nun in Frankfurt die große Politik. In der Heimat in Aurich kommen am Upstalsboom etwa zweitausend Menschen bei einer Feier anlässlich der Parlamentseröffnung zusammen, ein geschichtsträchtiger Ort. Hier auf einem Hügel versammelten sich im Mittelalter führende Vertreter der Landgemeinden, der „Sieben Seelanden", um Rechtsfragen zu klären. Kein anderes europäisches Land verfügte zu dieser Zeit über ein so dicht geschriebenes Recht wie das Reich der Friesen, das sich um 1300 in siebenundzwanzig Provinzen vom Nordwesten der Niederlande über Ostfriesland bis nördlich von Bremerhaven erstreckte. Ihr Lebensraum zwischen Meer und Moor, ihr Kampf gegen auswärtige Grafen und die See hatte die Menschen – egal ob Mann, Frau oder Kind, Herr oder Knecht – zusammenwachsen lassen. Mit diesem ihnen eigenen Gemeinschaftssinn und der Achtung gleicher Rechte und Pflichten hatten sich die Bewohner zwischen dem 12. und 14. Jahrhundert die Friesische Freiheit erkämpft, ein verliehenes Recht, keinen Herrn außer dem Kaiser über sich zu haben. Die „Friesische Freiheit" gilt heute als erstes genossenschaftlich organisiertes Gemeinwesen in Europa. Auch Ysaac ist Friese, ja, ein überzeugter. Im Bewusstsein dieses Erbes ist er ausgezogen zur Paulskirche, mit erhobener Brust, mit freudigem Mute und geschwellten Hoffnungen sowie mit dem festen Willen, die deutsche Einheit mit aller Kraft zu verwirklichen. Die strahlende Prominenz, die sich nun versammelt, muss sich erst einmal zu Gruppen finden, festgefügte Parteien gibt es noch nicht. Die Abgeordneten sind sich fremd. Alle wissen nur, dass die zwergstaatliche Aufteilung Deutschlands ein Ende haben muss. Was hier geschieht, ist keine Revolution, sondern eine Geduldsprobe. Ein Wille und eine Mehrheit müssen sich erst in diesem deutschen Nationalparlament bilden, keiner weiß, ob die preußische oder eine andere Partei siegen wird. Man beschäftigt sich mit Grundrechten, kostbare Zeit verstreicht, um die deutsche Einheit in der angstvollen Zeit vor einer Revolution zu schmieden.

Antje hat derweil zu Hause alle Hände voll zu tun. Die kleinsten Kinder haben Fieber und werden es nicht los, sie selbst fühlt sich auch unwohl. Den Mann und Vater gibt es jetzt nur noch auf dem Papier. Sie reist mit ihren acht Kindern und zwei Dienstmädchen nach Norderney. Diese Insel mit sechs weiteren an der Nordseeküste ist erst vor etwa zweitausend Jahren durch Wattablagerungen und Flugsandbildung entstanden, noch heute bilden sich neue Düneninseln. Die sieben ostfriesischen Inseln sind heute bekannt als reizvolles Touristikgebiet, die Menschen finden hier Erholung pur an endlosen, weißen Stränden. Die Linien der Dünen sind Balsam für die Seele, viel Natur und Wasservögel, ein wogendes Meer und viel frische Luft tragen dazu bei. Der Spruch „Ich bin reif für die Insel" ist heute eine deutliche Ansage dafür, dass man Ruhe nötig hat. Offensichtlich ist dies bei Antje der Fall. Mit zwei Wagen fährt sie durchs Watt, sprich bei Ebbe, heute reisen wir per Fähre auf die Inseln, dafür werden Fahrrinnen ausgebaggert, oder nehmen das Flugzeug. Für das Mittagessen will die Hausfrau selbst sorgen, Töpfe und alles nötige Zubehör werden mitgeschleppt. Der Tourismus steckt noch in den Kinderschuhen. Der Aufenthalt bringt neue Energie, die auch nötig ist für wichtige Aufgaben und Entscheidungen. Die beiden größeren Kinder, Bernhard und Martha, müssen weiter ausgebildet werden. Vor allem bei dem Mädchen schafft dies Probleme, denn die vorhandene Mädchenschule ist Antje nicht ausreichend, zudem fällt der Privatlehrer aus, der bis dahin noch für guten Unterricht gesorgt hat. Und so ist sie gemeinsam mit anderen dabei, eine neue, Höhere Töchterschule aufzubauen, *deren Durchführung [...] ähnlich viel Not und Mühe machte wie andern die Einigung Deutschlands.* (6. Brief, S. 107) Zwei Jahre werden bis zur Gründung vergehen, außerdem wohnt noch eine englische

Lehrerin aus Kostengründen im Hause Brons, die sich aber als nicht angenehmer Gast erweist. Achtunddreißig Jahre ist Antje nun alt und beginnt, in Emden die Welt zu verändern, während in Frankfurt die Männer in endlosen Sitzungen ausharren. Bildungsanspruch für Frauen und Mädchen – das ist ihr Ziel in einer Zeit, in der es in der Welt ohnehin schon turbulent zugeht. Aber sie schafft in ihrem eigenen Reich Ordnung und darüber hinaus Verbesserungen. Frauenbildung oder gar ein Studium sind im 19. Jahrhundert noch nicht selbstverständlich oder überhaupt möglich. Hier und da sind in den vergangenen Jahrzehnten in Deutschland Schulen entstanden für Mädchen mit gehobenen Ansprüchen. Religion und Religiosität haben bis dahin einen zentralen Stellenwert bei der Mädchenbildung eingenommen. Die Anerkennung der Frau als denkendes und vernunftbegabtes Wesen ist bei vielen Menschen noch nicht angekommen, in Preußen erhalten erst 1908 Frauen das Recht, sich an den Universitäten zu immatrikulieren. In Antjes Zeit können Mädchen das Abitur nicht erwerben, da sie vom Besuch des Gymnasiums ausgeschlossen sind, Frauen aus sogenannten höheren Schichten zudem von jeder Art von Erwerbstätigkeit oder körperlicher Arbeit. Die Höheren Töchterschulen sind ein Angebot für Schülerinnen von gehobener sozialer Herkunft, die Unterweisung endet mit dem vierzehnten Lebensjahr. Bildungsziel ist hierbei, die jungen Frauen auf ihre künftige Rolle als Gesellschafterin des Mannes, als Hausfrau und Mutter vorzubereiten und weibliche Eigenschaften zu fördern. Aber der Ruf dieser Epoche nach Freiheit, Gleichheit und Selbständigkeit geht auch nicht an den weiblichen Ohren vorbei. 1865 schließen sich erstmals in der deutschen Geschichte Frauen zusammen zu einer ersten Frauenkonferenz, es wird der „Allgemeine Deutsche Frauenverein" gegründet – damit ist der

Weg frei für die organisierte Frauenbewegung. 1896 bestehen in Berlin die ersten sechs Abiturientinnen als Externe die Reifeprüfung. Dies hat Antje noch als hochbetagte Frau erlebt. Hat sie sich gefreut, gedacht: Na endlich? Wir wissen es nicht, aber vorstellbar ist es. Auch wenn sie sicher keine Frauenrechtlerin in unserem Sinne gewesen ist und ihr jeder Emanzipationsgedanke fern war, lag ihr die Bildung der jungen Frauen am Herzen, und sie hat sich nach ihren Möglichkeiten dafür eingesetzt. Ihr eigener Weg zeigt darüber hinaus, wie sie die Rolle als Ehefrau und Mutter ebenso erfüllt wie später die der Schriftstellerin – ohne Revolution, ganz im Stillen, aber nicht weniger erfolgreich!

Deutschland kämpft weiter um ein Reich: *Die Einheit Deutschlands zu erreichen, das strebte die Nationalversammlung in erster Stelle an, mit Spannung folgte die ganze Nation ihren Beratungen über die Verfassung dieses einigen Deutschlands und wie oder wofür die einzelnen Deputierten ihre Stimmen abgaben, wurde allerorten besprochen, gelobt oder getadelt.* [...] *Partikularistische, eigennützige Motive hatten bei vielen großen Einfluß auf ihre Abstimmungen; sie waren wie Wetterfahnen, die sich nach dem Winde drehen. Der Partikularismus und die Eifersucht der Regierungen der Einzelstaaten, als es galt, eine Centralgewalt zu schaffen, trat deutlich hervor.* (6. Brief, S. 108)

Parteien haben sich nun in Frankfurt herausgebildet: Die gemäßigten Liberalen sitzen im Zentrum, die Konservativen rechts von ihnen und die radikalen Demokraten links. Wie noch heute bedeutet dies nicht nur eine Sitzordnung, sondern spiegelt auch die politische Ausrichtung der Abgeordneten wider. Ysaac kämpft für die Mitte, die Erbkaiserpartei. Auch in Emden wird die Lagerbildung stärker, Stimmen werden laut, dass der Abgeordnete Brons kein guter Vertreter sei, es vielmehr mit der Aristokratie halte. Die Diskussionen werden hitziger, Gewalt macht sich breit, es gibt Tote: *Wie sehr es Not that, daß die guten, gemäßigten Mitglieder des Parlaments in Frankfurt auf ihrem Posten ausharrten, das zeigte sich besonders im September 48, als die Wirkungen der aufreizenden Reden der äußersten Linken das niedere Volk ergriffen und zu brutalen Gewaltthaten getrieben hatten. Pöbelhaufen drangen in die Stadt, mit der Absicht, den Mitgliedern des Centrums und der Rechten ihre Macht fühlen zu lassen. Steine wurden gegen die Thür der Paulskirche geschleudert. Es gelang jedoch den Abgeordneten, unversehrt hinauszukommen. Vorher aber waren die Abgeordneten Fürst Lichnowski und Graf Auerwald zum Thore hinausgeritten, um sich zu vergewissern, ob der angedrohte Pöbelhaufe im Anzug sei. Bald wurden sie dessen ansichtig und auch bald von demselben umzingelt und grausam ermordet.* (7. Brief, S. 111)

Und die Familie in Emden? Natürlich ist sie erschreckt und beunruhigt! Sicher gemäßigte Worte für das, was Antje fühlen muss – das Familienoberhaupt weit weg, und nun noch dies! Briefe fliegen zwischen Frankfurt und Emden hin und her, einer direkt aus der Paulskirche von Ysaac, von dem sie berichtet. *„Beruhige Dich, ich kann mich außer Gefahr halten und doch meine Pflicht erfüllen; die Ordnung hat gesiegt! Was wird im Lande geschehen? Was dort bei Euch? Gott und meine Mitbürger beschützen Dich, während ich hier stehe* [...]. *10-20.000 Mann stehen hier heute unter dem Befehl des Prinzen von Preußen* [...] *zur Verteidigung der Nationalgewalt. Da reitet eben wieder ein endloser Zug Kavallerie über die Brücke herein!"* (Ebd., S. 111f) Und weiter am 22. September: *„Wären die Rasenden am Montage in die Kirche gedrungen, es möchte mancher von uns ihrem Fanatismus, ihrem Wahnsinn zum Opfer gefallen sein, bevor das Militär sie wieder hätte vertreiben können. Freilich scheint Gutes für Deutschland daraus hervor zu gehen und alles sich beugen zu wollen vor der kräftig auftretenden Nationalgewalt!"* (Ebd., S. 112)

Darauf antwortet Antje: *„Ich habe einen angstvollen Tag gehabt, bin auch noch nicht ruhig, weil ich weiß, daß Du auf einem Vulkan stehst und schaudre bei dem Gedanken an die Gefahr, die auch Dir gedroht hat. – Über uns brauchst Du keine Sorge zu haben; hier ist alles ruhig; auch ich habe Mut und Geistesgegenwart, möglichen Gefahren zu trotzen;* [...] *sei dem Vaterlande ferner eine Stütze, damit es nicht Räubern und Mördern in die Hände falle! Gott schütze Dich!"* (Ebd., S. 112f) Kein Jammern, kein Zähneklappern, nein! Selbst bei akuter Gefahr fordert diese Frau nichts für sich, sondern sieht das Höhere, die Herausforderung. Sie sieht sich sogar in der Lage, die Familie allein zu schützen. Wohlgemerkt, es herrscht kein allgemeiner Krieg, der Ehemann ist nicht Soldat, sondern hat als Politiker einen ehrenvollen Job angetreten, den er auch abgeben könnte. Aber kein Gedanke daran – die Pflichterfüllung unter Gottes Schutz steht wieder an oberster Stelle. Antje unterstützt ihren Mann moralisch, so wie es auch andere Frauen tun, mehr bleibt ihnen nicht in dieser Zeit des demokratischen Kampfes. Sie ist aber über das politische Geschehen informiert und bildet sich dazu eine Meinung, sie wird dazu sogar von Ysaac in einem Brief ermuntert *„Ich setze voraus, daß Du meine Briefe an Bernhard* [...] *liesest. Lies auch die Zeitungen, die ich ihm schicke* [...]." (Ebd., S. 113) Ysaac fordert also mehr von seiner Frau als die Rolle der liebevollen Gattin und Mutter. Antje meistert auch diese Aufgabe, daneben hält sie zu Hause die Stellung, damit sich der Mann mit ganzer Kraft seiner Aufgabe widmen kann.

Er kommt heim, knapp drei Wochen Anfang Oktober sieht der Vater und Geschäftsmann in Emden nach dem Rechten. Der Bruder scheint mit der Betriebsführung überlastet, der älteste Sohn Bernhard ist nach dem Gymnasium so weit, als Kontorlehrling eingeführt zu werden. Also von Ruhe keine Spur, zudem geht das Debattieren über die Politik weiter in Bürgerversammlungen oder privaten Gesprächen. Ysaac überlegt ernsthaft, sein Mandat niederzulegen, was aber auf Bitten von vielen Seiten nicht geschieht. Er reist zurück nach Frankfurt, aber nicht allein: Der siebzehnjährige Sohn soll den Vater bis Mitte November begleiten, *um ihm nun eine schöne, für sein Alter reiche Abwechslung zu verschaffen,* [...]. *Die Eindrücke, die er dort, namentlich in den Parlamentsitzungen, empfangen, haben vielleicht für sein ganzes Leben reiche Früchte getragen; um so mehr, da gerade damals wichtige Fragen zur Diskussion kamen, und die Parteien sich immer mehr spalteten und schärften.* (Ebd., S. 113) Keine Rede von den gerade erst überstandenen Bedrohungen, immerhin sind Menschen umgekommen, die Zeiten sind unruhig. Während nun Vater und Sohn in der Paulskirche sitzen, steht Wien in Flammen, der Aufstand gegen den Habsburger Staat lodert empor, auch der Pöbel ist entfesselt. Am 1. November stürmen kroatische, tschechische und polnische Truppen die Stadt. Robert Blum, Mitglied der Linken des Frankfurter Parlamentes, wird von Schüssen niedergestreckt. Habsburg hatte seine Antwort an die Paulskirche gegeben: „Nix deitsch!" (Freund, Deutsche Geschichte, S. 608)

Im Dezember kommt der achtzehnjährige Franz Joseph auf den Kaiserthron, der bis 1916 den heroischen und verzweifelten Versuch verkörpert, dieses übernationale, von Deutschen gegründete Habsburger Reich zu erhalten. Das Manifest zum Regierungsantritt ist mehr an die Paulskirche als an die eigenen Völker gerichtet: Ihre Macht habe an den Grenzen des Habsburger Reiches zu enden. Noch träumen die Männer in der Paulskirche davon, Deutsch-Österreich und Wien aus dem österreichischen Gesamtstaat herauszubrechen, um ein ganzes Deutschland zu schaffen. Aber nur mit kriegerischer Gewalt wäre dies möglich, was das Parlament in Frankfurt nicht erwägt. Die einzige Armee, die Krieg gegen Habsburg führen könnte, ist die preußische. Aber der Preußenkönig Friedrich Wilhelm IV. sagt weder Nein noch Ja zur Paulskirche. Anlässlich des Festes der Wiedererbauung des Kölner Doms sagt er zu geladenen Abgeordneten der Nationalversammlung: „Vergessen Sie nicht, daß es noch Fürsten in Deutschland gibt und daß ich einer von ihnen bin." (Freund, Deutsche Geschichte, S. 617)

Ysaac hatte laut Antje in einem Brief geschrieben: *„Habt Vertrauen! Es sind hier doch nahezu 300 Auserwählte aus ganz Deutschland und darunter die Besten des Volkes* [...]. *Das kann ich Euch sagen, daß wir hier redlich suchen, das Rechte zu finden* [...]. *Österreich ist eine ungeheure Schwierigkeit; wenn der Wille der Regierung auch noch so gut wäre, es ist fast nicht möglich, daß es ganz zu Deutschland trete.* [...] *Das Aufgehen des deutschen Teils in Deutschland wäre Österreichs Selbstmord. Wer will es zwingen?* [...] *Die Staaten mittlerer Größe intriguieren gegen Preußen nun sie sehen, daß es an die Spitze kommen soll; das scheint sicher zu sein. Mögen diese Fürsten bedenken, daß es ihre Krone kosten kann und kosten wird, wenn sie die Einheit stören!* [...] *Fertig zu werden mit der Verfassung ist der Wohlgesinnten ernstes Streben* [...]." (7. Brief, S. 115ff)

Antje: *„Überhaupt hat das deutsche Volk zu gute Elemente in sich, als daß* sie *nicht, wenn auch durch Kämpfen und Ringen, sich geltend machen sollen. Aber Frankreich, dem fressen Würmer an der Wurzel* [...]; *umstellt die schadhafte Wurzel mit Götzen der Republik und blendet vor lautem Glanz und Schimmer sich selbst und anderen Völkern die Augen, damit die innere Verwesung nicht offenbar werde.* [...] *Dort sowohl wie in Österreich werden deutsche Elemente den göttlichen Keim, der nie gestört werden kann, durchdringen müssen* [...]. *Die Zukunft wird lehren; möchte sie nur nicht zu tief eingreifen in unser Geschick.* [...] *Aber ich hoffe, daß das*

*Christentum mit seiner göttlichen Kraft uns retten wird, wenn nur Männer da wären, die sich seiner bedienen und es mit aller Macht wachrufen in den Herzen der Männer und der Brust der Frauen, damit es sichtbar und unsichtbar wirke und gesunde Früchte trage!"* (Ebd., S. 120) Dies ist ihr Wunsch zum Jahreswechsel. Aber er geht nicht in Erfüllung – oder doch, wenn auch auf anderem Wege und erst Jahre später.

Die Wogen in Frankfurt schlagen hoch und höher. Neben dem grausamen Machtkampf kommt ein großer Augenblick der deutschen Geschichte, die Paulskirche hat die Arbeit für ein Jahrhundert geleistet: Die Grundrechte sind endgültig beschlossen! Die großen, erhabenen Formeln aller späteren deutschen Verfassungen stehen in dieser ersten Verkündigung. Bald aber muss die Paulskirche wieder den Blick von dem fernen Leuchten der deutschen Freiheitsrechte wenden und sich mit der praktischen Frage befassen, wo denn das Deutschland enden solle, das sie aus der Taufe heben wollen. Seitenweise berichtet Ysaac über die Abstimmungen, hier fehlen noch Stimmen, da sind es schon genug oder auch nicht, Feinde hat man auch noch im eigenen Lager – die Nerven liegen blank! In Ysaacs Briefen Mitte März heißt es: *„Jetzt müssen jedem die Augen aufgehen und uns, die wir sie auf hatten, gehen sie über!* [...] *O Gott! O Gott! Deutschland! – Wir müssen jetzt zum Abschluß, zur Einheit kommen* [...]. *Die deutschen Könige haben wieder schrecklich gesündigt; nicht ohne Beteiligung der Stämme. Hannoversche Souveränitätsgelüste u.s.w. Ich sehe die Zukunft sehr schwarz!* [...] *Die großen Würfel rollen* [...]. *Es schlägt auch Dein Herz, meine kleine Politikerin!"* (8. Brief, S. 127f)

Die große Politik fährt Karussell, und Ysaac dreht sich mit. Das scheint die kleine Politikerin Antje auch so zu sehen, denn sie schreibt am 19. März: *„Du scheinst Dich zu sehr von dem Strudel der Ereignisse fortreißen zu lassen; stelle Dich mehr* *darüber. Es geschieht nichts Neues unter der Sonne und es würde heutzutage etwas Neues, Unerhörtes unter der Sonne geschehen, wenn eine Revolution wie die unsrige, durch bloße Worte angefangen, durch Worte beendigt werden sollte. Nein, so leicht hat das Schicksal es noch keinem Volke gemacht und deshalb wird es auch Deutschland die neuen Freiheiten nicht in den Schoß werfen, bis es die Feuerprobe bestanden und gezeigt hat, ob die Kraft und die geistige Gereiftheit ihm innewohnt, die solche Freiheiten verlangen, wenn sie nicht mißbraucht werden sollen und nur Schwindel verursachen würden. Wie soll es auch anders zur Freiheit kommen als durch notgedrungenes, gemeinsames Wirken zum gemeinsamen Ziele! Wie soll auch das Oberhaupt anders herauskommen als auf naturgemäßem Wege, wie sich auch jetzt schon zeigt. In der Gefahr sucht ein jeder Schutz bei der größten Macht, wenn nur nicht die ihn dafür knechten würde; und hätte Deutschland diese Feigheit und suchte Schutz bei Österreich, so wäre es seiner Errungenschaft nicht wert und verdiente die Rute, die es züchtigen würde. Vertraue dem Deutschen Volke; es will in der Mehrheit das Rechte* [...] *– Ich will Dir mal ein anderes Lied vorsingen und dadurch auch mir selbst die Grillen vertreiben und – ich hätte beinahe gesagt: das europäische Gleichgewicht ist wieder hergestellt. Erquicke Dich durch die Erinnerung an unser letztes Beisammensein und lasse die freundlichen Gesichter der Kinder der Reihe nach an Dir vorüberziehen!"* Und nur fünf Tage später: *„Haltet nur Mut! Beharrung führt zum Ziel. Die Zeit für einen Kaiser ist wohl noch nicht reif. Das Faß hat noch nicht ausgegoren und vielleicht, wenn Ihr zu frühe den Kaiser als Pfropf darauf gesteckt hättet, wäre er mit einem Knall wieder davon geflogen. Nur noch Geduld; er wird, wenn auch etwas langsamer, auf natürlichem Wege geboren werden und dann bessere Lebenskraft haben. Die Brust will mir nach dieser Nachricht fast springen vor Sehnsucht nach Dir* [...]*."* (Ebd., S. 137f)

Kleine Politikerin? Wohl eher eine große! Denn ihre Worte werden sich in der Geschichte erfüllen. Es ist noch ein langer Weg, den das vereinte Deutschland zu gehen hat. Millionen werden am Ende ihr Leben lassen müssen, damit fast einhundert Jahre später mit der Gründung der Bundesrepublik Deutschland die hier begonnene Schlacht nicht vergebens war. Ihre weibliche Intuition wird den Menschen – und dies sind auch Politiker und Könige – gerecht, die im Rausch des Redens und des Planens versäumen, auch mit dem feindlichen Lager ins Gespräch zu kommen und rechtzeitig Gemeinsamkeiten herauszufinden.

In Ysaacs Antwort am 23. März heißt es laut Antje: *„In einer halben Stunde fangen wir an, den heruntergepolterten Stein zu wälzen und ich sage Dir, ich habe den Mut nicht verloren, daß wir Deine Betrachtungen noch unwahr machen werden."* (8. Brief, S. 142)

Antje an ihren Mann, der am Vaterland zu verzweifeln scheint, am 29. März: *Ich hoffe, daß Du diesen Brief am 3. April erhältst. Denkst Du denn auch daran, daß Du an diesem Tag vor 47 Jahren geboren wurdest? Für den Fall, daß Du daran nicht denken solltest, mein Herzensfreund, will ich Dich daran erinnern, Dir sagen: „Mein erst Gefühl sei Preis und Dank", sei Gebet um die Fortdauer unseres gegenseitigen Besitzes, unserer Liebe. Wir sind uns jetzt mehr als vor 18 Jahren, wir hängen mit gleicher Liebe und gleichem Interesse an 8 Kindern, die wir durch gemeinsames Raten und Taten erzogen haben und die* uns *erzogen haben. Unsere Liebe hat manchen Sturm ausgehalten und wir haben sie dennoch gerettet und bewahrt. Sie hat sich im Laufe der Jahre geläutert und zu größerem, schönerem Stande erhoben, weil wir beide im tiefsten Herzen gut und fromm waren, und vernünftig dabei. Wir dürfen also auch mit Zuversicht hoffen, daß sie uns bleiben werden, bis einer von uns abgerufen wird – und noch darüber hinaus! Mit diesen Gefühlen, mit diesen Hoffnungen mein lieber Mann und Freund, mein Geliebter, drücke ich Dir die Hand, drücke ich Dir einen langen, langen Kuß auf die Lippen und bitte Gott, daß er Dich erhalten möge, daß er Dich kräftige und stärke, die vielleicht noch kommenden, schweren Tage zu bestehen und daß er Dich in den Stand setze, fernerhin das Deinige beizutragen zur Erlösung des Vaterlandes aus böser Zeit.* (Antje Brons in: B. Brons, Lebensbild, S. 29)

Ja, die Männer sind von der großen Revolution berauscht, und nicht alle werden von ihren Frauen solche Briefe erhalten, die den Blick so klar auf die wesentlichen und wichtigen Fragen des Lebens lenken. Denn auch nach dieser Nationalversammlung wird es ein „Leben danach" geben. Nein, diese Männer können nicht zugeben, dass das deutsche Volk noch etwas Unbestimmtes und nicht fest Umgrenztes ist. Man träumt nun nicht mehr davon, fremde Herrschaft über die deutschen Gebiete brechen zu können, reichsdeutsch und deutsch sind nicht mehr gleichbedeutend. Was Wunder, wenn einzelne Abgeordnete erklären, Deutschlands Einigung beginne mit seiner Spaltung. Ein Jahr ist vergangen, und alles hat sich seitdem verändert. Ist das nun das Ende? Solch ein demütigendes Scheitern schreckt auch die gemäßigte Linke, die nun bereit ist, für den Erbkaiser einzutreten, wenn nur die Reichsverfassung noch demokratischer gestaltet werde. Am 28. März ist es endlich so weit: Die große Stunde in der Paulskirche ist gekommen. Welch ein Schauspiel, dass ein deutsches revolutionäres Parlament einen Kaiser wählt! Es ist die hundertsechsundneunzigste Sitzung. Antje: *Der Präsident verkündete das Ergebnis: 290 Stimmen hatten sich auf den König von Preußen, Friedrich Wilhelm IV., geeinigt; 248 Mitglieder hatten sich der Wahl enthalten; die meisten mit der brüsken Antwort: „Ich wähle keinen Kaiser! Ich wähle keinen Fürsten!" Einer sagte: „Ich will keinen Teil haben an einem Anachronismus und wähle nicht!"*

*Mit feierlichen Worten begleitete der Präsident die Verkündigung des Ergebnisses und sagte zum Schluß: „Gott sei mit Deutschland und seinem gewählten Kaiser!" Ein dreifaches Hoch erscholl nun in der Paulskirche und in der Stadt verkündeten die Glocken das große Ereignis. [...] Wie mochten die Herzen der Männer pochen, wenn das kräftige „ja" und „nein" durch die lautlose Stille in der Paulskirche ertönte!* (8. Brief, S. 127 und 136)

Nur einen Tag später schreibt Ysaac an Antje: *„Aus meinem Briefe von diesem Morgen hast Du gesehen, daß mir viel leichter ums Herz ist. Solche vollendete Thatsachen haben ungeheure Macht; ich hoffe, diese bricht sich Bahn. Was dann folgt, muß ausgekämpft werden und kann es auch, so Gott will, mit Erfolg! Ob der König die Wahl annimmt? Er wird wenig Lust haben, wenn nicht alle Fürsten einstimmen, was sehr leicht der Fall sein kann."* (9. Brief, S. 143)

Er hat recht und sieht die Probleme: Deutschlands neugewählter Kaiser will die Krone gar nicht und hat dies im Vorfeld eigentlich auch deutlich gemacht. Was da die Abordnung aus Frankfurt gebracht habe, sei, so schreibt Friedrich Wilhelm an den Großherzog von Hessen, eine „Schweinekrone", eine „Wurstprezel" (Freund, Deutsche Geschichte, S. 627), die nicht von Gottes Gnaden, sondern von Meister Bäcker und Metzger käme, womit man ihn an die Revolution binden wolle. Der König von Preußen weiß, dass an dem glitzernden Köder Gift hängt, aber er schnappt zunächst doch danach, weil er meint, das Gift wieder ausspucken zu können, auch lockt die Aussicht auf eine Machtvergrößerung. Das Gift ist die Reichsverfassung, der Geist der Revolution, er will sie nicht als verbindlich für Deutschland ansehen. Jetzt scheitert die Revolution endgültig, weil beide, der König und das Parlament, auf ihre Rechte beharren und nicht an gemeinsamen, konkreten Zielen arbeiten.

Die kleine Politikerin Antje möchte ihren Mann in Frankfurt besuchen, *um auch einen Eindruck von dem ersten deutschen Parlament zu bekommen* (8. Brief, S. 141), auch wird sie Ysaac in diesen schweren, nervenaufreibenden Stunden zur Seite stehen wollen. Am 29. März schreibt Ysaac laut Antje: *„Wenn es in Berlin gut geht,* [...] *so schreibe ich Dir, kurz nach Ostern zu kommen. Die bayrischen Widersacher sagen schon, daß sie sich der vollendeten Tatsache unterwerfen. Wenn der Kaiser nun erst die Regierung übernimmt, dann ist meine Aufgabe auch bald zu Ende."* (Ebd., S. 142)

Ja, zu Ende wird es bald sein, aber unter anderen Bedingungen.

Mit Tränen in den Augen vernehmen die Abgeordneten am 3. April, dass der König von Preußen die Krone ausschlägt – die Paulskirche steht vor den Trümmern ihres Werks. Zwei Tage später werden die österreichischen Gesandten abgerufen, am 11. April erklärt das Parlament, an der Verfassung unwandelbar festhalten zu wollen, am 21. April lehnt der Preußenkönig eben diese ab. Jetzt löst sich in Deutschland alles auf, jeder bestreitet sich gegenseitig das Recht der Obrigkeit. Überall lodert der Aufstand hoch.

Aber Antje rüstet sich zur Abreise, nachdem Ysaac ihr geschrieben hat: *„Da ich jedoch keine Gefahren, selbst keine bedeutenden Unzuträglichkeiten fürchte, und das Interesse für Dich sehr groß sein wird, ich auch jetzt leicht Ausflüge mit Dir machen könnte und Du es jetzt einrichten kannst, so denke ich, wir wagen den Schritt nur und bitten Gott, daß er den wohlüberlegten Plan segne, unsere Kinder in seinen Schutz nehme* [...]. *Bereite Dich also zur schleunigen Abreise, jedoch mit der Aussicht, daß sie rückgängig werden könne!"* (9. Brief, S. 149) Mit der vierzehnjährigen Tochter Martha und dem mennonitschen Pastoren van Hülst zum männlichen Schutz fährt Antje am 25. April mit dem Dampfschiff den Rhein hinauf. Achtzehn Jahre sind vergangen, seit die beiden *zusammen in einem Kahne auf den Fluten des Rheins* [sich] *weltvergessend treiben ließen.* (Ebd., S. 150) Nun herrscht hier kein Friede an diesem leise rauschenden Fluß, sondern der *schrillere*[r] *Mißton aus Menschenkehlen* erschallt an den Ufern: *Überall wo das Schiff anlegte oder an Ortschaften vorbeifuhr, stiegen Männer mit Heckerhüten, die mit einer Hahnenfeder als Wahrzeichen geschmückt waren, Frauen mit einer großen roten Schleife auf der Brust, zu uns aufs Schiff, sodaß es beinahe überfüllt wurde. Republik! schrie man am Ufer den Abfahrenden zu; Republik! war die Antwort. Wir wurden ängstlich bei der Sachlage und drückten uns in eine Ecke. Ein buckliger Schneider stieg auf den Radkasten und hielt oder schrie vielmehr eine Rede. Republik war sein Stichwort und Hurrah! rief's bei seinen Schlagworten.* (Ebd.) Übernachtet wird in Mainz, aber von Ruhe keine Spur: In den Gassen tobt die Menge, der Strom des Lebens hat sie voll erreicht. Ysaac kann sie am folgenden Tag nicht sofort in Frankfurt empfangen, die Fragen über die Anerkennung der Verfassung sind in vollem Gange. Antje: *Revolution und Reaktion traten immer mehr, und zwar in ihren häßlichsten Gestalten, auf die Bildfläche. So standen die Sachen, als wir in Frankfurt ankamen; es war der Anfang vom Ende. Daß die Lage der Dinge, wodurch Kopf und Herz Eures Vaters eingenommen waren, ihm die Freude des Wiedersehens stark schmälerten, war natürlich; aber doch war es ihm bei all der Misere ein großer Trost!* (Ebd., S. 151)

Antje sitzt am nächsten Tag in der Paulskirche auf reservierten Plätzen, von hier aus kann sie die Versammlung bestens übersehen – die großen Köpfe der deutschen Geschichte: der achtzigjährige Ernst Moritz Arndt mit seinen *glutvollen Augen*, Freiherr Heinrich von Gagern mit *edlem, würdigem Ausdruck der ganzen Gestalt*, der *knorrige* Wernherr von Nierstein, der *kräftige* Präsident Simson, der *milde, liebenswürdige* Graf Keller, der Dichter Uhland mit *groben Zügen und dicken Lippen.* (Ebd., S. 152) Doch die Dinge nehmen ihren Lauf, auch Ysaac sieht den Erfolg schwinden, die Hoffnung ist nur noch klein, doch er glaubt fest an die Würde der Versammlung, die für die Zukunft Deutschlands *eine große Wirkung* (ebd., S. 155) hinterlassen wird. Laut Antje schreibt Ysaac am 30. April: *„Es giebt kein Heil außer der Verfassung, mögen ihre Fehler sein, welche sie wollen."* (Ebd.)

Nun kommt es zu heftigen Ausbrüchen der politischen Gegner, die Antje ihrer Schwester in einem Brief beschreibt: *„Die Linke wurde gestern wütend auf Gagern; einige sprangen auf nach der Tribüne und machten Miene, ihn herunterzureißen. Der Mann aber richtete sich auf in seiner ganzen imponierenden Größe und Würde und sah sie mit Ruhe an, sodaß sie mit einem Male wie getroffen und vernichtet stehen blieben. Es war ein so erhabener Anblick, daß ich ihn in meinem ganzen Leben nicht vergessen werde. Als die Sitzung zu Ende war, ballte die Gallerie drohend die Hände nach den Centren und der Rechten des Hauses und schrie: Krieg! Bürgerkrieg! Freiheitskrieg! ich war so geängstigt, daß ich gleich hätte abreisen mögen!"* (10. Brief, S. 159)

Inzwischen haben die revolutionären Bewegungen in Deutschland solches Ausmaß angenommen, dass die preußischen Truppen mit ungeheurer Streitmacht einschreiten. Gewalt herrscht in der bayrischen Pfalz und in Baden, Städte des Rheinlandes und des Ruhrgebietes befinden sich tagelang in der Hand der Freischaren, in Breslau und Berlin kommt es zu Barrikadenkämpfen, Anfang Mai wüten in Dresden blutige Straßenkämpfe, hier steht der königliche Hofkapellmeister Richard Wagner auf den Barrikaden, kühn und glorreich. Fünfundzwanzig Jahre später wird sein „Ring der Nibelungen" bühnenreif, ersonnen während dieses Kampfes. Doch die Preußen sind jetzt überall, man sieht nur Pickelhauben, die Volks- und Bürgerwehren laufen vor der Übermacht auseinander. Antje schreibt am 8. Mai ihrer Schwester: *„Unseres Bleibens wird wohl nicht lange mehr sein.* [...] *Es sitzt wie Blei in den Gliedern!* [...] *Martha hat glücklicherweise keine Angst und Sorge, ich aber dreidoppelt. Wären wir doch nur wohlbehalten bei den Kindern! In Dresden wütet der Bürgerkrieg entsetzlich* [...]. *Nach der Paulskirche gehe ich heute nicht. Ich zittere schon, wenn ich daran denke* [...]. *Es ist acht Uhr morgens. Gestern Abend ist Ysaac bis zwölf Uhr in der Parteiversammlung gewesen und jetzt ist er schon wieder hin, vor der Sitzung in der Paulskirche."* (Ebd., S. 160)

Die ersten Abgeordneten verlassen das sinkende Schiff. Ysaac schreibt dazu laut Antje: *„Aber Keiner hätte vereinzelt gehen sollen! Aber, wer kann die Schweinerei in der Paulskirche aushalten! – Ein Königreich für ein Pferd! Ein Kaiserreich für eine eiserne Faust von der rechten Gesinnung! Wenn Gott die nicht giebt, dann ist es vorerst aus mit Deutschlands staatlicher Entwicklung, vorbei fürerst, nicht auf immer, nicht auf lange!* [...]" Am 11. Mai heißt es in einem weiteren Brief: *„Mit blutendem Herzen werden wir scheiden* [...] *– Auf die Dauer geht übrigens die Einheit nicht verloren! Sie dringt durch diese Wirren nur tiefer ins Blut und die weiße Fahne aus ihnen wird immer nur die Verfassung sein!"* (Ebd., S. 163)

Zehn Tage später gibt der Präsident den Austritt von sechsundsechzig Abgeordneten bekannt – darunter Ysaac Brons. *„Gestehen wir es"*, heißt es laut Antje in einer Erklärung, *„der Versuch, die lange, treue Arbeit unserer Partei, die Revolution durch das deutsche Parlament zu beschließen, ist gescheitert; gescheitert an dem Dogma der fürstlichen Souveränität, von welchem man in Berlin, in München, in Dresden und in Hannover um keinen Preis zu lassen entschlossen war und ist."* (Ebd., S. 163f)

Antje: *Mit dem Austritt dieser 66 war die Kraft des Parlaments gebrochen; das fühlte man lebhaft. Diese hatten aber das Bewußtsein, zur rechten Zeit und mit Würde ausgetreten zu sein, während die Zurückbleibenden in ohnmächtigem Beharren am Platze, namentlich die Linke, ein klägliches Ende nahmen.* (Ebd., S. 164)

Die Paulskirche selbst endet in Schande und Erbärmlichkeit. Am 18. Juni erhält des württembergische Militär den Befehl, das deutsche Parlament – oder vielmehr das, was davon übrig geblieben ist – auseinanderzujagen und den Sitzungssaal in Trümmer zu schlagen. In wenigen Minuten ist das jammervolle Werk getan, vorbei der Traum vom deutschen Vaterlande.

Gebleicht ist das Haar Ysaacs, als er Ende Mai nach Emden zurückkehrt. Zerschmetterte Hoffnungen, verbittertes Gemüt, den Mut verloren, schwer wird es ihm, sich wieder an die gewohnte Bahn des häuslichen und geschäftlichen Lebens zu gewöhnen, beinahe ist sie ihm fremd geworden. Ein Jahr lang hat er mit anderen [...] *in der heißen, durch die vielen Menschen unten und auf der oft überfüllten Gallerie verdorbenen Luft, mit gespannter Aufmerksamkeit und scharfem Nachdenken über die Fragen, zu denen sie „ja" oder „nein" zu sagen hatten, in langen Sitzungen ausgeharrt, hatten abends in den Parteiversammlungen oft bis spät in die Nacht dasselbe durchgemacht und ihre ganze körperliche und geistige Kraft dabei eingesetzt, wenn nicht gar eingebüßt.* (10. Brief, S. 164f) Dies ist der Mann und Vater, den Antje nun wieder zu Hause hat. Ja, es stimmt, das Opfer ist kein geringes gewesen. Geburtstage, Weihnachten, Silvester, die Kinder, der Haushalt, die Sorge – alles hat sie ertragen, wie sie es immer in ihrem Leben tun wird. Sie versucht sogar, das Positive auch jetzt zu sehen: *Wenn sie aber auch sehen mußten, wie Revolution und Reaktion den Bürgerkrieg heraufbeschworen hatten, daß Deutschlands Einheit weit, weiter hinausgerückt sei als bisher,*

*Eins nahmen sie mit sich hinweg: Das Bewußtsein, nach Kräften gegen Jene Front gemacht und ihr Gewissen rein bewahrt zu haben! Und glücklich konnten sie sich noch preisen, wenn sie den heimischen Herd wohlverwahrt wiederfanden und von ihm gesagt werden konnte: „Er zählt die Häupter seiner Lieben, und sieh', ihm fehlt kein teures Haupt!"* (10. Brief, S. 165)

Aber was sie jetzt erleben muss, ist eine Bürde, die nur schwer zu tragen ist. Darüber hinaus beschimpfen örtliche Volksvereine Ysaac in einem Flugblatt am 31. Mai als Verräter. Dies ist viel, sicher zu viel, *die Wucht der Ereignisse* (10. Brief, S. 168) lastet schwer auf den Gemütern.

Es kommt noch einmal zum Aufflackern, hundertachtundvierzig ehemalige Abgeordnete der Paulskirche, darunter Ysaac Brons, schreiten erneut zur Tat und treffen sich im Juni 1849 in Gotha, um einen engeren Zusammenschluss Deutschlands und die Umsetzung der Verfassung unter Preußens Unionspolitik zu unterstützen. Hierfür wollen sie die monarchistische Ausgestaltung und die preußische Führungsrolle in Kauf nehmen. Das hier aufgestellte Programm will zunächst eine Übersicht über ortsansässige Vereine und die Presse ermitteln, hier soll Einfluss genommen werden, um einen Reichstag und Wahlen auszurufen, wobei das Zustandekommen den Anschluss der übrigen Staaten an das inzwischen geschlossene Bündnis zwischen Preußen, Sachsen und Hannover voraussetzt. Doch Ysaacs Bemühungen sind vergeblich. Antje: *Euer Vater antwortete am 2. September, er habe vergeblich versucht, vollständigere Nachrichten zu sammeln als die beigelegten Blätter brächten. Die Vereine, auf die er* [...] *Einfluß hätte, seien durch die Vorstände vernachlässigt worden, die Demokratischen bearbeiteten die Massen derart, daß sie vollständig gesiegt hätten, und seine Partei auch nicht einen Wahlmann stellen könnte.* [...] *„Eine allgemeine Ermattung, Gleichgültigkeit, Sucht* *nach Ruhe, auf welche Weise auch herbeigesucht, so schlimm wie sie nur irgendwo im Vaterlande den feindlichen Elementen freien Spielraum gewährt einerseits, andererseits getheilte Meinungen, Mißbilligung der Gothaer Beschlüsse, weil der Königsentwurf unhaltbar den Untergang der anderen Staaten in Preußen bedinge, und nicht mal ehrlich gemeint sei, ebensowenig zur Ausführung kommen werde als die Frankfurter Verfassung.* [...] *Ich werde keine Wahl annehmen können, kann jetzt auch wenig politisch thätig sein, da ich meine Geschäfte wahrnehmen muß. Ich bezweifle aber auch, ob ich durchzubringen sein würde."* (11. Brief, S. 173f)

Das Drei-Königs-Bündnis zerfällt durch den Rücktritt von Hannover und Sachsen am 19. Oktober 1849. Damit ist das Ziel der Parteiversammlung in Gotha vernichtet. Antje: *Wie es immer geht, daß wer den Schaden hat, für den Schimpf nicht zu sorgen braucht, so ging es auch hier. Wenn auch der moralische Eindruck, den das Verhalten dieser Männer machen mußte* [...] *von Bedeutung war, so war doch ihre Thätigkeit, was das große Ganze betraf, vorerst lahm gelegt,* [...]. (11. Brief, S. 178) Jenen Männern wurde schimpflicherweise der Name Gothaer beigelegt.

Das ist das Ende, endgültig am Boden zerschlagen zieht sich der große, starke Mann Ysaac vorerst aus der Politik zurück und sucht Ruhe für die *ihm peinliche Gegenwart*, indem er *in höheren Gedankenkreisen* Ersatz sucht. Der Philosoph Hegel (1770-1831), den er bereits 1840 studiert und als *Sophisterei* zur Seite geworfen hat, soll Antworten geben, denn *was von so vielen bedeutenden Männern als bahnbrechend und als Erzeugnis eines großen Denkers anerkannt wird, muss doch Wert haben. „Hie und da in seinem Werke blätternd,* [...] *wurde ich bald von dem Begriff der Unendlichkeit, den ich in seiner Religionsphilosophie fand, von dessen, alle abstrakte endliche Bestimmungen des gesunden Menschenverstandes unwiderstehlich überwältigenden Wahrheit tief ergriffen und faßte infolgedessen das Studium mit allem Ernste wieder auf, um das nie zu Vollendende unablässig fortzusetzen."* (11. Brief, S. 179)

Dieses Studium nimmt Formen an, die weit entfernt sind von einem gemütlichen, entspannenden Lesevergnügen, was bei so schwerer Kost auch nicht verwunderlich ist. Dieser Mann will sich gar nicht nach den Strapazen ausruhen, sondern den darin vielleicht verborgenen Sinn ergründen. Darüber ist es ihm möglich, seinen Gram über die politischen Verhältnisse zu verschmerzen. Es kümmert ihn beinahe nicht mehr, er entschwindet in eine geistige Welt, was aber im täglichen Leben Spuren hinterlässt. Die regelmäßigen Stunden des Studiums bestimmen für die nächsten Jahre den Tagesablauf: Im Sommer wie im Winter steht dieser Mann um fünf Uhr morgens auf. Aber lassen wir Antje selbst reden: *Um im Winter seine nach Osten liegende Stube, die keine doppelten Fenster hatte, etwas zu erwärmen, wurde ein Bursche engagiert, welcher pünktlich um vier Uhr morgens aufstehen mußte, um im Keller im Ofen für die Luftheizung einzuheizen. Dieser bekam bestimmten Befehl, seinen Herrn präzise um fünf Uhr zu wecken und nicht eher vom Platze zu weichen, bis er aufgestanden wäre, welches jenem schwer genug wurde, da sein Herr nur mit großer Mühe und Geduld aus seinem tiefen Schlaf zu wecken war, weil er auch abends sehr spät zu Bett ging und die Natur ihr Recht haben wollte. Da das Zimmer, weil es nach Osten lag, durch die Luftheizung, wenn der Wind Ost war, fast nicht, und namentlich in so kurzer Zeit, zu erwärmen war, und Vater seinen Sitzplatz noch dazu nahe am Fenster hatte, so wurde er oft sehr kalt. Da es ihm in Fleisch und Blut lag, sich nach den gegebenen Umständen zu richten, oder vielmehr die Mittel zu benutzen, welche sich ihm ohne Schwierigkeiten boten, so kam er nicht darauf, einen Ofen oder doppelte Fenster anzuschaffen, er nahm vielmehr seinen großen Mantel, den er zur Hand hatte, und hing ihn um, setzte noch dazu, wenn es gar zu kalt war, die so-*

*genannte Theestove, in welchem das Feuerbecken war, auf welchem der Kessel mit kochendem Wasser stand, womit er sich seinen Kaffee bereitete, unter den Mantel. Und so saß er bis neun, auch wohl zehn Uhr vormittags in seinen Studien vertieft und griff dann wieder seine geschäftlichen Arbeiten unbeschadet dessen an.* (11. Brief, S. 179f) Unzählige Anmerkungen schreibt er dabei mit Bleistift an die Ränder der Bücher, klebt unterschiedlich große Papierschnipsel an wichtige Stellen, oft fünf bis sechs übereinander, alles ist mit Datum und Jahreszahl versehen. Dabei ist die Schrift so klein, dass Antje später selbst eine Lupe zur Hand nehmen muss, um sie überhaupt entziffern zu können: *„Der gesunde Menschenverstand muss erst ein anderer werden, d. h. ein anderes Thun lernen, bevor er mit Hegel das Unendliche, Absolute begreifen, d. h., bevor er überhaupt begreifen kann.* [...] *Die absolute Idee, ist die Idee des Absoluten, des absoluten Geistes, des Geistes Gottes, sie ist Gott, Geist, Absolutes in unserem Denken in der Logik, zugleich aber auch unterschieden von diesem."* (12. Brief, S. 192f) Eine kleine Kostprobe davon, was diesen Mann in den nächsten Jahren in unzähligen Stunden allein in seinem Zimmer in seinem Kopf bewegt, der immer wieder die Bücher zur Hand nimmt, die langsam auseinanderfallen. Antje: *Fast alle diese Notizen,* [...] *sind schwer zu verstehen, weil ihre Beziehungen zu den betreffenden Stellen es für uns auch sind. Nur soviel geht mir aber deutlich aus den meisten hervor, daß die ungeheure Gedankenarbeit Meister Hegels, wo sie das religiöse Gebiet streifte, immer zu den einfachen Worten der Bibel und namentlich der Bergpredigt greift, wie auch Euer Vater ausdrücklich betont, um das Resultat seiner Gedankenarbeit zum Ausdruck zu bringen.* (13. Brief, S. 211)

Ysaac legt sich schließlich selbst ein eigenes Register an, weil er durch stetes Nachfügen, Zwischenschreiben und Ankleben in den Bänden bald auch verwirrt ist. Nach fünfjährigem Studium ist er so weit, dass er Hegels Logik mit einer selbst aufgestellten mathematischen Formel zu verstehen glaubt. 1872 wird er seine Hegel-Studien abschließen, nachdem er ein Wörterbuch mit Register seiner Formeln und Auslegungen fertig gestellt hat. Sein philosophischer Nachlass wird später von der Universität Jena übernommen und damit gewürdigt. Ohne Schaden wird dieser Raubbau mit den körperlichen Kräften nicht sein, ab 1858 ist Ysaacs Sehkraft stark geschädigt, später wird er beinahe erblinden. Aber mit diesem traurigen Umstand werden sich Antje neue Wege eröffnen.

Antje ist wieder schwanger, fast vierzigjährig: Im August 1850 wird das zehnte Kind, Friedrich Lübbert, geboren. Wieder geht alles gut. Antje findet für diese Zeit klare Worte, die weit über ihre sonstige Zurückhaltung hinausgehen: *Da er aber* [wegen seiner Studien, K. B.-A.], *so mit der Zeit geizte, blieb ihm wenig übrig, um sich mir und den Kindern zu widmen, mit den Kleineren ergötzte er sich oft wenige Augenblicke, aber mit den heranwachsenden sich eingehend zu unterhalten, was ihnen doch gewiß nützlich gewesen wäre, hatte er nicht die Zeit und er verlernte es auch allmählich es zu können. Nur wo es ernste Lebensfragen galt, da überlegte er alles gründlich und tauschte mündlich, und wenn sie abwesend waren, brieflich seine Ansichten mit ihnen aus* [...]. *Die vorangegangenen Aufregungen, namentlich 1848, schienen doch nicht spurlos an ihm vorübergegangen zu sein, eine Gereiztheit, oft über Kleinigkeiten, zeigte sich gar oft. Alles, was nicht folgerichtig, nicht systematisch zusammen hing in der Ausführung, wenn es auch die geringfügigsten Kleinigkeiten waren, konnte ihn zum Zorn hinreißen, das erfuhr ich an erster Stelle und dann die Kinder. Gemütsumstimmungen stellten sich auch oft ein, die für mich recht unbequem wurden, aber solche Krankheitserscheinungen – möchte ich sie nennen – können einem nicht dauernd den Frieden und die Ruhe stören, wenn man sich im tiefsten Grunde eins weiß. Solche Fragen aber, wo an diesen appelliert wird, kommen nur selten, während die Kleinigkeiten, wobei jene sich geltend machen, können täglich, ja stündlich sich ereignen. Daß ich nicht immer die Kraft und das Geschick hatte, solche Gemütsstimmungen zu zerstreuen, will ich gern gestehen. Mich selbst aber nicht dadurch in meinem Innern stören zu lassen und das Gleichgewicht zu behalten, dazu wußte ich Mittel und Wege, und Gott sei's gedankt, zu unser Aller Heil. Denn ohne solche Prüfungen, und wenn auch oft etwas harte Zurechtweisungen, die ich nötig haben mochte, welche ich als Gottes Fügungen ansah, wäre ich nicht zu dem inneren Frieden und der Ruhe gekommen, den die Liebe, der Glaube und die Hoffnung geben, wenn wir unsere Lebensaufgabe in dem Lichte dieser drei zu vollbringen suchen, und hätte mich nicht in den Maßen geistig entwickeln können, wie es geschehen. Aber auch nicht, wenn wir beide nicht im tiefsten Innern, und daher auch in allen wichtigen Lebensfragen vollkommen übereingestimmt hätten und Hand in Hand gegangen wären.* (11. Brief, S. 186f)

Ist Ysaac krank? Ist dies wirklich eine Erklärung für seine Gemütsverstimmung, oder lassen sich viel einfachere, menschliche Gründe für sein Verhalten finden? Dieser Mann ist Ende vierzig, die Kraft der Jugend dürfte aufgebraucht sein. Seit über dreißig Jahren hat er im Geschäft „geracker", viel Verantwortung getragen und sich darüber hinaus sozial und politisch engagiert. Dass die Kraft bisher überhaupt ausgereicht hat, grenzt an ein Wunder. Dazu kommt, dass Ysaac ein erfolgsverwöhnter Mensch ist, Niederlagen sind nicht seine Sache. Voller Idealismus ist er nach Frankfurt gegangen, das Scheitern kann er einordnen, aber kann er es als Mensch, als Mann verstehen und akzeptieren? Erlebt er eine Art Midlife crisis? – Ein abgegriffenes Wort, das aber deutlich machen kann, wie ein Mann den Übergang seiner persönlichen Höchstleistung in seichtere Gewässer empfinden mag. Der extreme Rückzug mit dem Studium der philosophischen Schriften spricht wahrlich Bände. Darüber hinaus muss er ertragen, dass seine durch ihn während der Nationalversammlung mit aufgebaute Flotte durch den 1850 wieder eingesetzten Deutschen Bund 1852 endgültig in die Brüche geht.

Aber Antje und Ysaac sind Kämpfer. Belastet, emotional wie körperlich, dürften beide in dieser Zeit sein. 1851 beginnt Antjes Vater in Norden zu kränkeln, der bis dahin jeden Tag durch die Fabrik gewandert ist und seinen erfahrenen Blick über alles hat gehen lassen, sein Zustand verschlimmert sich zusehends, sie besucht ihn wenige Tage vor seinem Tod im Februar: [...] *als ich vor dem Krankenzimmer stand, hörte ich seine Stimme, klangvoll und stark wie immer. Als ich eintrat, stürzten ihm die Tränen aus den Augen. Er erzählte mir von seinen Jugendtagen und besonders das, was seine Mutter ihm als Lebensregel eingeprägt hatte* [...]. *Dasjenige aber, was er in seinem Leben geleistet hat, überwiegt alle diese Schattenseiten* [...]. (15. Brief, S. 240f) Seinem wahren Charakter entsprachen seine beiden Wahlsprüche: „Regt door Zee“ (Geradeaus durch die See) und „Waar liefde woont, gebiet de Heer den zegen“ (Wo Liebe wohnt, verheißt der Herr den Segen).

Trostlos sind die politischen Zeiten. Relativ rasch nach der Nationalversammlung sind auf Initiative Österreichs der Deutsche Bund und der Bundestag in Frankfurt neu entstanden. Preußen hält an seiner eigenen Unionspolitik fest, und auch andere deutsche Staaten gehören nicht dazu. Der Gegensatz zwischen Österreich und Preußen gipfelt 1850 fast in einem Krieg.

Also genug Gesprächs- und Diskussionsstoff im Hause Brons, wo weiter der freundschaftliche und gesellige Kontakt zur Familie und zu Freunden gepflegt wird. Den Problemen in Schleswig-Holstein gilt besondere Aufmerksamkeit, wo die Herzogtümer nun im Kampf allein stehen. Hilfsvereine werden ins Leben gerufen, um Beistand zu leisten. Natürlich ist das Ehepaar Brons hier an erster Front zu finden. Mit anderen Damen ruft Antje einen *Frauen-Hülfsverein* ins Leben: Verbandgegenstände, Kleidungsstücke werden für die Soldaten im äußersten Norden gesammelt, im Hause Brons werden die massenhaft gesammelten Hilfslieferungen in Tonnen verpackt und verschickt. Ysaac ist Vorstand des Komitees für Schleswig-Holstein und sammelt unter den Emder Mitbürgern Mittel, um den Krieg gegen die Dänen führen zu können, was aber von der Regierung in Hannover eingestellt wird. Am 3. September 1852 erhält Ysaac von seinem früheren Kollegen Dr. Balemann Post: *„Ostfriesland, Emden, verdankte Schleswig-Holstein, als es im Jahre 1850 für seine Unabhängigkeit kämpfte, manche wichtige Hülfeleistung. Sie, geehrter Herr, bewiesen damals thätige Teilnahme für unsere Sache in Ihrer Umgebung. Wir haben in diesem Kampfe nicht unterlegen. Es gefiel den Deutschen mächtig, uns die Waffen aus den Händen zu nehmen.* [...] *Die besten Männer des Landes,* [...] *sind aus dem Lande verbannt. Beamte, Universitätslehrer, die sich für diese Sache thätig erwiesen, wurden ihrer Ämter beraubt, finden sich mit ihren Familien dem Mangel ausgesetzt.* [...]" (11. Brief, S. 183)

Weitere Bittbriefe erreichen Ysaac, der die Sache schließlich in die Hand nimmt. Antje: [...] *aber mit den Geldbeträgen wollte es nicht sonderlich gelingen. Dahingegen bot man gern die Hand, um den um Amt und Brot Gekommenen passende Stellen zu besorgen* [...]. (Ebd.) Brieflich wie mündlich setzt sich Ysaac in Emden an erster Stelle dafür ein. Anfang 1852 ist der große Traum der Freiheit vorbei, der Deutsche Bund erzwingt die Entwaffnung der Schleswig-Holsteiner und liefert sie endgültig 1852 den Dänen aus. Im Vertrag von Olmütz verzichtet

Preußen, geschwächt durch internationalen Druck, auf die Fortsetzung der Union. Auf einer Ministerkonferenz in Dresden gelingt es, die beiden Großmächte paritätisch im Deutschen Bund zusammenzuschließen, die nunmehr die revolutionäre Politik gezielt zwischen 1851 bis 1857 bekämpfen wollen. Die Grundrechte der Nationalversammlung werden für alle Staaten aufgehoben. 1854 werden alle presserechtlichen Beschränkungen wieder eingeführt, alle politischen Vereine verboten. Die Niederhaltung der Opposition und die Wiederherstellung alter Ordnungen ist das übereinstimmende Ziel, wenn auch Preußen im Gegensatz zu Österreich ein Verfassungsstaat bleibt. Das Ende der Reaktionszeit wird mit dem Übergang der Regierung in Preußen auf Wilhelm I. eingeläutet.

Mit dem deutschen Krieg 1866 wird Schleswig-Holstein preußische Provinz, aber die deutsch-dänische Frage wird erst 1920 durch eine vom Versailler Vertrag geforderte Volksabstimmung in zwei Zonen geklärt.

Kraft, viel Kraft fordern diese Jahre beiden ab, ein Urlaub in August 1852 mit den beiden älteren Kindern über den Harz, Thüringen nach Berlin erfrischt Leib und Seele, aber: *Überhaupt hatte ich kein leichtes Leben, denn außer den Mühen und Sorgen, welche die Kinderschar mir verursachte, und denen gerecht zu werden, ich natürlich in erster Linie als meine Pflicht betrachtete, hatten wir sehr oft große Gesellschaften, weil es unsere Stellung mit sich brachte und Vater es gerne sah. Im Winter 1852 z. B. am 15. Januar gaben wir einen Ball, wo 79 Personen erschienen. Im Herbst desselben Jahres ein großes Diner, und so ging es, Jahr aus Jahr ein, bis 1870.* (11. Brief, S. 185)

Jahr aus Jahr ein – das hört sich nicht gut an! Ein großer Haushalt, neun Kinder, ein Mann in schwieriger Phase, soziale Aufgaben – nein, das ist kein leichtes Leben, das bedeutet

Pflichten im höchsten Maße, die zu erfüllen ein tiefgläubiger Mensch sicher in der Lage ist. Aber Antjes ganz persönliches Leben wird dabei nach unserer heutigen Vorstellung ziemlich brachliegen. Natürlich wird sie ihre Kraft aus den Worten der Bibel schöpfen – so wie sie es immer getan hat, sie wird beten. Und mit ihren Gedanken und Fragen baut sie sich über die kommenden Jahre ihre eigene, kleine Welt im Geist, die sie schließlich zu Papier bringen wird, und schafft sich damit eine Freiheit, die über den Kümmernissen des täglichen Lebens steht.

Antje ist jetzt eine Frau um die vierzig. Wie sehen sie andere Menschen in ihrem Umfeld? Antwort darauf gibt Prof. Dr. Cramer, Pastor der Emder Mennonitengemeinde: „[...] Ihre graziöse, anziehende Erscheinung, ihr klares Auge, das einen so freundlich ansehen konnte, ihre Freude am Leben, an der Natur, an den Menschen, ihr offenes, frohes Lachen, ihr Humor bei dem, was ihn auch im religiösen Leben bisweilen erwecken kann, der reine, hohe Gedankenkreis, in dem sie lebte und in den sie andere hineinzog, in dem das ‚Unreine nicht einmal genannt wurde', der immer frische Mut, das milde Urteil. Ihre große Arbeitsamkeit machte sich nie bemerkbar, ihre eifrige Thätigkeit blieb immer unauffällig still. In ihrem langen Leben, wie gesegnet es auch war, ist Leid ihr natürlich nicht erspart geblieben, aber sie vermochte es, sich ‚traurig, aber immer fröhlich' damit abzufinden [...]. Ihr war der Optimismus eigen, der so anziehend ist, der aber auch still macht und verlegen: so sehr entbehrte er jeder Oberflächlichkeit [...]. Über ihr ganzes Wesen und Sichgeben lag der freundliche Hauch, den das ungestörte Zusammenstimmen der ungleichartigsten Begabungen des Menschen über sein Leben ausbreitet." (S. Cramer in: B. Brons, Lebensbilder, S. 43f) Ja, sie wird verehrt und geschätzt, nicht nur in der eigenen Familie. Sie sucht und braucht andere Menschen, die sie gewinnen möchte zur Stärkung des christlichen Lebens.

Antje ist wieder schwanger, im April 1853 wird das elfte und letzte Kind geboren: ein Mädchen, Katharina. Der erste Sohn Bernhard verlässt das Elternhaus, seine Lehrjahre im väterlichen Kontor sind beendet, mit zweiundzwanzig Jahren soll er nun in die Welt hinaus; Antwerpen ist zunächst das Ziel. Antje erwähnt die ermunternden Worte des Vaters an den Sohn, die er in einen Brief im September fasst: *„Gehe hin in die Welt! Bleibe Du Deinerseits Gott nahe, ihm kannst Du nimmermehr von Dir entfernen! Bewahre Deinen Charakter, das Innere Deines guten Herzens, Deine Sitten, lerne dessen Auswüchse kennen und schneide sie ab. Bilde Deinen Geist, Deinen Verstand, Deine Manieren, und kehre gesund heim an Körper, Geist und Herz. Bitte Gott um Weisheit und Verstand und alles andere wird Dir gegeben werden. Das hat von früher Jugend an in meinem Herzen gehaftet. Gottes Segen mit Dir! Dein Vater!“* (14. Brief, S. 228)

Antje: *Ich will hierbei nicht vergessen, daß Bernhard mir in vielen Dingen eine große Stütze war, und sein Abschied mir schwer wurde. Wenn das erste Kind das Elternhaus verläßt, das berührt alle tief, welche demselben angehören, aber den Vater und die Mutter am tiefsten und nachhaltigsten. – Seine Abreise sollte im September 1853 vor sich gehen. Zur Abschiedsfeier luden wir alle bekannten jungen Leute, 43 an der Zahl, zu einer Tanzpartie ein. Es war ein Glück, das ich, abgesehen von kleinen, zuweilen aber auch sehr großen Übeln, im Grunde gesund war, und Hand und Fuß gut rühren konnte, und das dazu notwendige, das Geld, auch zur unbeschränkten Verfügung hatte, indem Vater das Vertrauen zu mir hatte, daß ich alles gut überlegte.* (11. Brief, S. 186)

Viereinhalb Jahre wird Bernhard im Ausland bleiben, zum Ende in Baltimore in den USA. Ein starker Briefwechsel wird in all diesen Jahren zwischen den Eltern und dem Sohn gepflegt, wobei die Themen unterschiedlich sind: Ysaac und Bernhard tauschen sich über die kaufmännischen Verhältnisse und Fragen der künftigen Niederlassung aus. Antje: *In den Briefen an mich erfuhren wir natürlich von seinem Leben und Treiben, von Land und Leuten usw.* (14. Brief, S. 229) Ysaac im August 1856: *„Schau zu – und das scharf – wem Du traust; zugleich aber stoße nicht von vornherein ab, damit Dir Gelegenheit bleibe, zu erfahren, wem Du trauen darfst. Höflich, freundlich stelle Dich jedem. Ich wünsche, daß Dir keiner nahe komme, dem Du auch das versagen mußt. Nicht bloß Deine Aufgabe tue, ziehe immer ein übriges in Dein Tun hinein, damit Deine Aufgabe, und so Dein Gesichtskreis, sich erweitere. Vor allem behalte Gott im Herzen und er Dich in seiner Hut!"* (14. Brief, S. 229)

Bernhard überlegt, sich in Amerika anzusiedeln. Darauf schreibt der Vater ihm, dass *er ihm seine weltlichen Sorgen sehr erleichtern würde* [wenn er nach Haus zurückkäme, K. B.-A.], *solche natürlichen Rücksichten habe er aber denen auf sein Fortkommen unterzuordnen.*

Antje: *Und als nun auch ich Bernhard in demselben Sinne schrieb, meinen Wunsch jedoch, ihn wieder hier zu haben, stark betonte, da entschloß er sich, wieder heimzukommen.* [...] *Und Bernhard kam heim, gesund an Leib und Seele; arbeitete tüchtig am Kontor, genoß seine Jugend, wie es ihm zukam, war ein flotter Tänzer, arrangierte mit anderen jungen Leuten Vergnügungspartien* [...]. *Allmählich führte sein Rößlein ihn auf einen Weg, wo er seine Häuslichkeit finden sollte. Und so kam es denn, daß er am 23. August 1863 Gesine Dieken als seine Frau heimführte und ein neuer, segensreicher Zweig unseres Hauses entstand.* (14. Brief, S. 229)

Dies ist Bernhards Geschichte – und die übrige Familie? Im Mai 1854 stirbt die jüngste Tochter Katharina mit dreizehn Monaten. Antje schreibt von ihrem Schmerz: *Euer Vater beruhigte und tröstete mich mit Worten, wie sie einer mitfühlenden religiös gestimmten Seele entquellen, und darum ihre Wirkung nie verfehlen. Er besorgte alles und litt nicht, daß andere die kleine Leiche in den Sarg legten.* (12. Brief, S. 189) Im selben Jahr erkrankt die älteste Tochter Martha schwer. Eine lange Zeit der Pflege ist erforderlich.

Im Frühjahr 1855 ist sie erneut gefordert: Bei seinem nächtlichen Kontrollgang vorm Zubettgehen rutscht Ysaac auf der Kellertreppe aus, stürzt mit dem Kopf gegen den Rand des Gewölbes und stößt sich dabei das Pfeifenmundstück gegen den Gaumen. Antje: *Er sagte mit schwacher Stimme ein paar Worte zu mir, als wenn er mich mehr bedauerte als seinen Zustand beklagte. Er hatte eine solche Wunde am Hinterkopf, daß die genäht werden mußte, und im Gaumen und an der Stirn fanden sich ebenfalls beträchtliche Wunden. Durch sofortige, Tag und Nacht fortgesetzte Eisumschläge wurde Entzündung verhütet und unter unserer sorgfältigsten Pflege trat nach vier Wochen die völlige Heilung der Wunden ein* [...]. *Daß aber der ganze Körper, und namentlich die Nerven davon gelitten, das trat im folgenden Jahr zutage.* (12. Brief, S. 193f)

Silberne Hochzeit: Ysaac und Antje planen im Herbst eine *angemessene und würdige Feier* (12. Brief, S. 194). Im Kreis von siebenundvierzig Familienangehörigen verläuft im eigenen Saal ein schönes Fest, Ysaac lässt für jeden einen silbernen Becher zur Erinnerung anfertigen: auf der Vorderseite das Familienwappen mit den Initialen des Brautpaares sowie die Daten 12. November 1830-1855, auf der Rückseite sind die Initialen des Beschenkten eingraviert. Antje betont, dass dies allein Ysaacs Idee war: *Der Wert, den er auf die Erhaltung und Pflege der Familienbeziehung legte, war sein Grundgedanke dabei gewesen.* (12. Brief, S. 194) Weitere fünfundzwanzig Jahre später ist Ysaac in diesem Sinne erneut kreativ: Zur goldenen Hochzeit werden ein goldener Kranz, der aus einem Reif aus acht Myrthensträußchen besteht, sowie ein Bräutigamsstrauß in Auftrag gegeben. Beides wird anlässlich der Goldenen Hochzeit des vierten Sohnes Theodor 1923 noch einmal getragen, dann jedoch, wie ursprünglich vorgesehen, zerlegt und an Familienmitglieder verteilt. Später bringen die Familienangehörigen die Einzelteile für weitere Goldene Hochzeiten wieder mit, damit der Schmuck der Vorfahren am Ehrentag getragen werden kann. Noch heute verfügt die Familie, wenn auch nicht vollständig, sowohl über Becher der Silberhochzeit als auch über goldene Myrthensträußchen und den Bräutigamstrauß.

Die Silberne Hochzeit ist gefeiert, die nächste steht an: Im Mai 1856 heiratet Martha den Doktor Friedrich Theodor van Delden: *Nach diesem Feste, welches so schöne Erinnerungen zurückgelassen hatte und noch hat, teilte Vater seine Zeit nach wie vor aufs sorgfältigste ein und benutzte namentlich die frühen Morgenstunden zu seinen Studien, während ich Kopf und Hände voll zu tun hatte, um Marthas Aussteuer in Ordnung zu bringen* [...]. *Nebenbei verkaufte Vater unsere Besitzung Westerhusen* [...]. *Ich hatte meine Zustimmung mit der Bedingung dazu gegeben, daß wir eine andere für uns zweckmäßigere Besitzung gelegentlich dafür wieder erhalten sollten. Die Zusage hierfür verschaffte mir später unseren jetzigen Garten.* (12. Brief, S. 194f) Dieser Garten mit seinem bereits 1849 erbauten Teehaus wird für Antje ein wichtiger Ort: Mit Blick aufs Wasser des angrenzenden Kanals findet sie hier die Ruhe für ihre Studien, hier schreibt sie, trinkt Tee mit Ysaac. Hier gewährt sie laut Erzählungen einer Frau Unterschlupf, die von ihrem alkoholkranken Mann misshandelt wird. Sie schafft damit eine frühe Form des heute bekannten Frauenhauses. Noch heute steht dieses Haus im Garten der Familie eines Ururenkels.

Herbst 1856, die Nerven haben gelitten, Ysaac hat starke Schmerzen am Kopf, heftiges Fieber stellt sich ein: *Der Zustand artete in ein allgemeines Nervenleiden aus und dauerte den ganzen Winter hindurch. Da er nicht bettlägerig war, aber doch Stubenarrest hatte und sehr viel Pflege bedurfte, wurde mir diese bei den vielen Kindern, denen ich abends bei den Schularbeiten helfen mußte, während die Kleinen auch in Thätigkeit gehalten werden mußten, oft sehr schwer und ganz besonders dadurch, daß Vater, weil er nervenleidend war, so reizbar, oft bis zum Verzweifeln verstimmt und schwer zufrieden zu stellen war. Zwei Jahre vorher hatte Martha eine lange, schwere Krankheit durchgemacht, aber ihre Pflege war Kinderspiel gegen die, durch welche ich von Vater in Anspruch genommen wurde. Um mich aufrecht zu erhalten, benutzte ich die ein einhalb Stunden nach Tisch, wenn Vater schlief und die Kinder zur Schule waren, um meine Gedanken mit Gewalt von der Gegenwart abzulenken und mich in Geschichtsstudien zu versenken, wie sie sich mir zufällig darboten und mir reiche Früchte trugen, für die Gegenwart nicht allein, weil sie mir dazu dienten, das Gleichgewicht in mir zu erhalten, sondern auch für die Zukunft, indem sie mein Wissen und Können bereicherten. Und so machte ich die Erfahrung, daß der Mensch in keine Lebenslage kommen kann, welche er sich nicht zum Besten dienen lassen könnte. Im April 1857 war Vater soweit wieder hergestellt, daß ich nachmittags mit ihm eine kleine Ausfahrt machen konnte. Daß er während dieser Zeit auf seiner Stube, vorne oben, wo er sich ein kleines Pult hatte machen lassen, um abwechselnd stehen zu können, studierte und las, als er in der Besserung war, geht aus einer seiner Notizen hervor. Da heißt es „1856-57 auf meiner Krankenstube nahm ich das leichtere Studium von Grunerts höherer Mathematik und Weisbachs höherer Analysis vor." Ob nun diese Studien für einen Nervenleidenden seiner Heilung förderlich war, ist wohl sehr fraglich, ich glaube es war das Gegenteil der Fall und steigerte eher die nervöse Reizbarkeit. Als später Genesung eintrat und geschäftlicher Thätigkeit und sonstigen Anforderungen Genüge geleistet werden mußte, da verschwand auch diese wieder.* (12. Brief, S. 195f)

Ysaac und Antje werden Großeltern: Im Juni 1857 bringt Martha einen gesunden Jungen auf die Welt, Antje selbst erwähnt dies nicht. Spätere Geburten von Enkelkindern sind vermerkt, sie reist an, um auch ihren Schwiegertöchtern beizustehen. Sicher wird sie dies bei ihrer Ältesten auch getan haben, aber im Rückblick überwiegt die Sorge um den Mann: *Durch das unablässige Lesen und Studieren aber, namentlich im Winter früh bei Licht und abends spät, oft bis tief in die Nacht,* [...] *wurde ein anderes Übel hervorgerufen, nämlich ein Augenübel. Im Februar 1858 bemerkte Vater es zuerst. Um die Augen etwas zu schonen, benutzte er nachmittags das Tageslicht bis zum Dunkelwerden und ging dann spazieren, und zwar mit gesenktem Haupte, schwer von tiefen Gedanken über philosophische Probleme.* (12. Brief, S. 196)

Ysaac konsultiert im Juli den *berühmten Augenarzt von Gräfe* (ebd.) in Berlin, die Söhne Karl und Theodor, achtzehn und sechzehn Jahre alt, begleiten den Vater. *Teils zu seiner Gesellschaft, teils um den Kindern ein Vergnügen zu machen* [...]. *Er schrieb mir, daß zu ernstlicher Sorge wegen seiner Augen keine Veranlassung sei,* [...] *er müsse sie aber sehr schonen und seine Arbeiten einschränken. Obwohl es ihm ein großes Opfer war, so that er es, aber wohl nicht in genügender Weise, denn die Morgenstunden wurden nach wie vor dazu genutzt, wenn auch etwas abgekürzt.* [...] *Da Vaters Augenübel im Herbst und Winter eher schlimmer wie besser wurde und ihn oft sehr verstimmte, sah er sich genötigt, nochmals den Augenarzt in Berlin zu Rate zu ziehen.* [...] *Er schrieb mir am 26sten* [März, K. B.-A.], *daß der Professor das schreckliche Wort, mit der bisherigen Schonung fortzufahren, ausgesprochen habe, „Zwei und eine halbe Stunde nannte er die Zeit, während welcher ich die Augen gebrauchen dürfe. Es ist trostlos. Da sitze ich nun mit dem schweren Orakelspruche.* [...] *Wo soll das hin!"* (12. Brief, S. 196ff)

Antje findet klare Worte: *Gegen seine Augen hatte Euer Vater unrecht gehandelt, namentlich in den 50er Jahren, und ihre Sehkraft geschädigt, und vielleicht würde er die geistigen Augen ebenfalls dauernd geschädigt haben, wenn er durch die Sonnenstrahlen hindurch sie unmittelbar auf die geistige Sonne gerichtet hätte und wenn er sie nicht an ihrem Abglanz in den Worten der Bibel und der Natur erkannt hätte, deren Begriff ihm durch Hegel klar ward.* (13. Brief, S. 213).

Ysaac weint, manchmal. Er ist niedergeschlagen. Antje versucht ihn zu trösten, sie könne ihm ja vorlesen, was er wünsche. Darauf geht er ein: *Ich richtete mich so ein, daß ich von morgens 7 Uhr bis 10 Uhr vormittags und abends von 7 bis 9 meine Zeit dazu frei hatte. Auf diese Weise wurde ich nun in wissenschaftliche Werke eingeführt, welche sonst nicht so leicht einer vielbeschäftigten Hausfrau nahe treten. Was sollen wir lesen?, war nun die Frage.* (12. Brief, S. 198)

Sie lesen, vielmehr Antje liest: zunächst religiöse Schriften, wobei sie erkennen, dass genauere Kenntnis von griechischer und römischer Klassik nötig ist. Also zuerst die Dramen von Aischylos und Sophokles, dann Platons sämtliche Dialoge, als „Nachtisch" Aristoteles. Dieser findet bei Antje keinen Beifall: *Es fehlt im Aristoteles, wenn ich mich so ausdrücken darf, das weibliche Element, welches einem vollen, einem genialen, weltbewegenden Menschen niemals fehlt.* Danach Humbolds Kosmos: *trotzdem das Buch uns in die Unendlichkeit der Natur und ihre Erscheinungen blicken ließ, so überkam mich doch dabei ein gewisses Frös-*

*teln, nirgends ward des Geistes, der Intelligenz erwähnt, durch welche sie lebt und sich bewegt.* (12. Brief, S. 200) Plato dagegen findet Gnade: *So schwer zu verstehen mir namentlich diese Dialoge waren, so habe ich doch, als ich sie später für mich allein durchstudierte und die Quintessenz daraus notirte* [sic!] *einen unberechenbaren Gewinn daraus gezogen. Meine Denkkraft wurde gestärkt, das Denken überhaupt geklärt, das Urteil geschärft und mein geistiger Gesichtskreis erweitert.* (12. Brief, S. 199)

Dazu der Sohn Bernhard: „Auf diese Weise hat sie sich [...] zu einer Höhe emporgearbeitet, die wiederum seine, des Mannes stille Bewunderung erregte und ihn in Zeiten der körperlichen Schwäche und daraus entspringender Niedergeschlagenheit bei ihr Trost und Stütze suchen ließ. So auch wurde sie, die jüngere, in alten Tagen ihm wiederum oft das, was er ihr in den Zeiten der Jugend gewesen war." (B. Brons, Lebensbild, S. 28f)

Bewegend genug sind diese Jahre für Antje als Frau und Mutter. Ysaac selbst ist körperlich angegriffen, zudem ändern sich die Familienstrukturen. So wie die Kinder im Zweijahrestakt auf die Welt gekommen sind, so verlassen sie nun das Haus. Auch der zweite Sohn Johann ist nun mit zweiundzwanzig Jahren auf dem Weg ins Ausland, wie sein großer Bruder, und findet in Frankreich eine Stelle unter der Obhut des dortigen hannoverschen Generalkonsuls, zwei Jahre später folgt der dritte Sohn Karl den Fußstapfen der Brüder, während Johann nach kurzem Vergnügungsaufenthalt in Paris in London einen Platz findet. Anders dagegen der vierte Sohn: *Unterdessen hatte Theodor entschieden den Wunsch geäußert, Landwirt werden zu wollen, wogegen wir beide keine Bedenken hatten und dies für die für ihn am meisten geeignete Laufbahn hielten* [...]. (13. Brief, S. 217) Doch der eigene Pächter, der den Jungen zur

Lehre aufnimmt, erweist sich als Fehlschlag. Antje: *Theodor erkannte dies und schrieb es seinem Vater. Dieser aber war etwas voreingenommen für den Pächter Müntinga und gegen Theodor wegen seiner Jugend und Unkenntnis, welches auch natürlich war. Später aber stellte es sich heraus, daß Theodor nicht ganz unrecht gehabt hatte. Dieser nun strebte mit heißer Seele darnach, eine Ackerbauschule zu besuchen, welches sein Vater aber nicht ersprießlich, sondern vielmehr schädlich für ihn hielt, und ihm diesen Besuch versagte. Da nun Theodor hierüber so niedergeschlagen und mutlos war, daß ich es für durchaus schädlich halten mußte, wenn er länger in diesem Zustand verharrte und ohne Zweck und Ziel zu Hause bliebe,* [...] *so überlegte ich mit Vater, ihn nur vorläufig nach Düsseldorf gehen zu lassen, weil er Lust und Liebe zur Malerei zeigte* [...]. (14. Brief, S. 230) So befindet sich der vierte Sohn 1863 *merkwürdigerweise* (ebd.) auf der Malerschule, während die beiden älteren Brüder Johann und Karl anfangen, in Bremen den Aufbau einer eigenen Firma vorzubereiten, wobei sie tatkräftig durch ihren Vater unterstützt werden. *Vier unserer Söhne waren nun auswärts und nun galt es 1863 über den fünften den Entschluß zu fassen – er war der sechste dem Alter nach – ob und wohin er ziehen solle; denn obwohl er kaum 16 Jahre alt war, schien es für ihn notwendig zu sein. Heiko war nämlich als Knabe in ein sogenanntes „Brandbitt" hinter unserem Hause in den Delft geraten und sein Bruder Claas hatte ihn eben vor dem Ertrinken herausgezogen; infolge dessen aber bekam er nachher heftigen Gelenkrheumatismus, der sich jedes Jahr wiederholte und der die Ursache war, daß er die Schule oft lange versäumen mußte, was ihn, da er ohnehin nicht gut in den Klassen mitkommen konnte, zurücksetzte.* [...] *Zufällig hörten wir, daß am Rhein, in Neuwied, eine Mennonitengemeinde und deren Prediger ein tüchtiger Mann sei, der auch wohl bereit sei, Pensionäre zu nehmen. Und so kam es denn, daß Heiko aus dem Elternhause an den Rhein versetzt wurde.*

[...] *Dieser mit aller Sorgfalt und Umsicht getane Schritt hat sich in der Folge für Heikos ganzes Leben als segensreich erwiesen. Neben den vielfachen, durch die Außenwelt an ihn gemachten Ansprüchen* [sic!], *sowie seine Geschäftstätigkeit, hatte Euer Vater, noch mehr als ich, mit und wegen unserer fünf auswärtigen Söhne Briefwechsel zu führen. Dazu kopierte er diese Briefe nicht allein, sondern klebte die einzelnen Bogen zusammen und bewahrte sie. Oft bis 2-3 Uhr nachts führte er diese Korrespondenz, mit väterlicher Sorgfalt für Euer Wohl!* (14. Brief, S. 231f)

Die Familie wird kleiner, dies hat sie schon beim ersten Sohn schmerzlich empfunden. Sucht sie Halt, um ihr Gleichgewicht zu bewahren? Nutzt sie nach wie vor die Mittagspause, ihre „Auszeit"? Wie auch immer, sie schafft sich einen Freiraum im Geist, sie schreibt. 1861 erscheint ihr erstes Buch „Stimmen aus der Reformationszeit" zum dreihundertjährigen Todestage Menno Simons, dem Namensgeber ihrer Glaubensgemeinschaft – eine Arbeit, die in vielen Stunden entstanden sein muss. Aber: Dieses Buch wird nicht unter ihrem Namen veröffentlicht, sondern unter dem Kürzel Th. B.. Fürchtet sie, dass auch andere, wie früher Ysaac, Büchern aus der Feder einer Frau skeptisch gegenüberstehen? Oder pflegt sie damit ihre Zurückhaltung, sich nicht hervorzutun, sondern Aufgaben zu erfüllen? Später wird sie mutiger, nicht so sehr, dass sie ihren Namen preisgibt. „Von Frauenhand" – so der schlichte Urhebervermerk künftiger Werke. Bedenkt man Antjes eigenes Bemühen und ihren Einsatz für die Bildung der Frauen, dann ist diese Bezeichnung ein großer Schritt, vielleicht sogar ein wenig provozierend in einer Welt der Männer.

Ysaac kehrt in die Politik zurück. Er schließt sich dem 1859 neu gegründeten Nationalverein an, der sich offen für eine

Zusammenfassung aller deutschen Staaten unter preußischer Führung einsetzt, was zum Konflikt mit der Regierung in Hannover führt. Antje selbst nimmt nur *wenig oder gar nicht an diesen Bestrebungen* teil. Sie ist völlig durch eine schwere, lebensbedrohliche Krankheit der neunzehnjährigen Tochter Anny in Anspruch genommen, während Ysaac durch die neuen Aufgaben von der Sorge um das Mädchen etwas abgelenkt wird, was Antje *nicht immer lieb* ist. Tag und Nacht pflegt Antje ihr Kind: *Als sie wieder Nahrung zu sich nehmen konnte, nährte sie sich wie ein neugeborenes Kind zuerst nur mit frischer Milch* [...]. (13. Brief, S. 209) Auch Antje ist angegriffen und leidet an Schwindel. Ein Kuraufenthalt im Juni soll Mutter und Tochter wieder auf die Beine bringen. Doch auch hier reist Antje vorzeitig ab, um Tochter Martha bei der Entbindung des dritten Enkelkindes beizustehen, während Ysaac mit den zwei jüngsten Söhnen nun Anny bei der Kur Gesellschaft leistet. Ein Familienurlaub auf der ostfriesischen Nordseeinsel Borkum schließt sich an, den wohl alle *nach den Aufregungen und Anforderungen der letzten Zeit* nötig haben: *Gerade damals war er* [Ysaac, K. B.-A.], *vielleicht infolge des Augenübels, sowie des starken Nachdenkens über philosophische Probleme und des angestrengten Arbeitens oft bis zwei Uhr nachts, oft in einer sehr gereizten Stimmung, die bei einem solchen Kraftmenschen wie er es war, sich für die nächste Umgebung oft auf eine recht unbequeme Art äußerte und so war für ihn der Aufenthalt in Borkum auch in dieser Beziehung nervenstärkend.* (13. Brief, S. 210)

Neue Kraft, die Ysaac braucht. Seit der Wiedereinsetzung des Deutschen Bundes 1850 unter dem Vorsitz von Österreich war offenkundig, dass weder die bürgerlich-liberale Bewegung noch das konservative Preußen allein ein deutsches Reich schaffen konnten. Seit 1857 ist Friedrich Wilhelm in geistige Umnachtung versunken. Sein Bruder, der Prinz von

Preußen, der spätere Kaiser Wilhelm I., wird ein Jahr später zum Regenten eingesetzt, nach dem Tod des Bruders drei Jahre später ist er der neue Machthaber. Der Prinz, obwohl im Wesen ein grundkonservativer Mensch, widerstrebt dem pietistischen und romantischen Getue des Bruders heftig und ist entschlossen, einen neuen Geist in der Regierung walten zu lassen. *Während dieser Zeit hatte sich die politische Lage in Preußen etwas zum Besseren geneigt, welches Euern Vater, nach der trostlosen Zeit durch die Reaction herbeigeführt, angenehm berühren mußte. Der Prinz von Preußen hatte* [...] *die Regentschaft angetreten und mit dieser zeigte sich die Morgenröte der neuen Zeit, in welcher sich das verwirklichen sollte, was die Männer der Erbkaiserpartei mit ihrer ganzen Kraft angestrebt hatten.* [...] *Durch das Aufgeben der einseitigen Berücksichtigungen eigener Interessen und das Vertreten derjenigen ganz Deutschlands bildete sich von nun an die Hegemonie Preußens in Deutschland nach und nach von selber aus. Während das deutsche Volk aufathmete bei dieser Wendung der Dinge, stand die feudale Adelspartei schmollend am Wege, weil sie etwas von ihren bisher genossenen Vorzügen opfern mußte. Bei den Regierungen der anderen deutschen Staaten, Österreich an der Spitze, erregte das Vorgehen Preußens bald Neid und Eifersucht.* [...] *Der Nationalverein trat ins Leben! Alle diejenigen Männer, welche sich als gesinnungstreu bewährt hatten, wurden aufgefordert, sich auf's Neue für das Wohl des Gesamtvaterlandes zu betätigen, und somit auch Euer Vater.* (12. Brief, S. 200f)

Ysaac setzt sich weiter für die von Rudolf von Benningsen formulierte Aufgabe des Vereins *für die einheitliche und freiheitliche Entwicklung Deutschlands mit allen zu Gebote stehenden gesetzlichen Mitteln* (12. Brief, S. 202) ein. Im April 1861 reist er mit weiteren dreihundertvierzig Parteigenossen zu einer Versammlung nach Hannover, in der eine entsprechende Erklärung an den König von Hannover verfasst wird. Auch über die 1848 wiederhergestellte und danach wieder verlorene Pressefreiheit wird diskutiert, was dem anwesenden Kommissar der königlichen Polizeidirektion aber zu weit geht, er löst die Versammlung auf. Auch der König lässt mit einer Antwort auf sich warten. *Diese geringschätzende Behandlung der aus der Elite des Volkes bestehenden Versammlung erregte eine nachhaltige Aufregung und Entrüstung bei allen, denen die Mißwirtschaft der Regierung deutlich zum Bewußtsein gekommen war und welche die Männer ehrten, die ihre Überzeugung ehrlich und mannhaft ausgesprochen hatten.* (12. Brief, S. 203)

Hundertzehn Emder Bürger unterschreiben einen Brief an Ysaac, in dem sie den Wunsch äußern, dass dieser *unbeirrt auf diesem Wege der Ehre, des Rechts und der Wahrheit fortschreiten möge, wobei er zu jeder Zeit auf die Unterstützung seiner Mitbürger rechnen dürfe.* (Ebd.) Dies hat jedoch ein Nachspiel. Drei der Unterzeichner, der Bürgermeister der Stadt und zwei Senatoren, werden zur Landdrostei nach Aurich befohlen und dort wegen ihres Verhaltens ernstlich gerügt. *Die Bewegung für oder gegen den Nationalverein nahm indessen immer größere Dimensionen an;* [...]. *Die Schleppträger derselben* [der Regierung, K. B.-A.] *aber, die nur den eigenen Vorteil im Auge hatten,* [...] *schimpften mündlich und schriftlich auf die Mitglieder der Nationalpartei und auf Ysaac Brons in erster Stelle. Von ihrem egoistischen Standpunkte aus beurteilten sie auch den seinigen. Im Mai 1861 ließen diese einen Artikel gegen ihn in der Hannoverschen Zeitung drucken. Die Adresse wurde als ein Betreiben der heillosen Wühlerei einiger Geldmänner hingestellt* [...]. (12. Brief, S. 203f) Ysaac und seine Mitstreiter lassen sich auch dadurch nicht davon abhalten, das Schreiben an den König über Stadt und Land zu verbreiten. Auch Sicco Doden Cremer ist in Norden dabei ein fleißiger Helfer und kommt sogar mit der Polizei in Konflikt.

Nur wenige Jahre später heiß es Abschiednehmen: *Ich besuchte im Jahre 1863 und zwar im Mai zum letzten Male meinen guten, mir unvergeßlichen, alten Onkel Cremer in Norden. Knorrig und markig wie eine Eiche, deren zackige, kräftige Äste sich desto deutlicher am Himmel abzeichnen, wenn die Blätter abfallen, saß er da auf seinem gewöhnlichen Stuhl;* [...] *sprach wenig, und dachte desto mehr, aber was er sagte, das war klar und wahr wie der ganze Mann vom Scheitel bis zur Sohle.* [...] *Als einen einsamen Philosophen fand ich ihn in seinem aufs Einfachste, nur mit dem Nötigsten ausgestatteten Zimmer.* [...] *Nachdem ich meinen Onkel zum letzten Male besucht hatte, wurde er im folgenden Jahre* [...] *krank und starb Mitte Januar 1864, in seinem 89. Lebensjahre.* (15. Brief, S. 236ff)

Das wiedererstarkte Nationalgefühl wird zusätzlich gestützt durch den erneuten Konflikt um die Erbfolgefrage zwischen Schleswig, Holstein und Dänemark. Antje: *Der dänische Krieg machte den Mangel einer Kriegsflotte immer fühlbarer, namentlich in den Küstenstädten, deren Handel zur See stark dadurch geschädigt wurde und in unserer Stadt und Provinz nicht am wenigsten, da man hier wegen des Mangels an Verkehrswegen (Eisenbahnen und Chausseen) mit dem Binnenlande auf den Handel zur See angewiesen war. Die Westbahn war zwar im Sommer 1856 eröffnet worden, hatte aber noch nicht den vollen Anschluß, und der Verkehr auf derselben lag noch in den ersten Anfängen. Die preußische Regierung berief im Januar 1860 eine Konferenz der Uferstaaten der Nord- und Ostsee nach Berlin, um über den Küstenschutz zu beraten. Das Vorgehen der preußischen Regierung fand nur bei den kleinen Uferstaaten Anklang. Die Eifersucht Hannovers widersetzte sich, sodaß sie dem Bau einer Eisenbahn von Minden nach dem Jadebusen, soweit sie hannoversches Gebiet berührte, die Erlaubnis versagte. Im industriereichen Sachsen wurde zu dieser Zeit der*

*Vorschlag gemacht, daß man in ganz Deutschland freiwillige Beiträge für im Anfang begriffene Kriegsmarine sammle; denn mit den kleineren Uferstaaten war man auf genannter Konferenz zu dem Beschlusse gekommen, zehn Linienschiffe und zwanzig Fregatten anzuschaffen. In Ostfriesland war Euer Vater einer der ersten, die hier das Interesse für die Marine, welche sich in 1848 so stark gezeigt hatte, von neuem wachrief.* (13. Brief, S. 205)

Mit anderen erlässt Ysaac im September 1861 einen Aufruf an die Ostfriesen: *„Es handelt sich um ein großes, nationales Werk"*, hieß es darin. *„Es gilt, Deutschland eine Flotte zu schaffen und zugleich Preußen dergestalt an deutsche Zwecke zu fesseln, daß es in Zukunft nur im Schutze Deutschlands seinen eigenen Schutz zu suchen hat."* (13. Brief, S. 205f) In dem darauf gegründeten Flottenverein wird Ysaac zum Präsidenten gewählt. Doch die hannoversche Regierung erteilt keine Zusage für die Sammlung von Geldern, da die deutsche Flotte unter preußischer Führung stehen soll. Aber Ysaac lässt sich nicht entmutigen und fordert in der Zeitung zu freiwilligen Beiträgen und Vereinseintritt auf. Ende des Jahres sind 1.428 Reichstaler gesammelt, die auf privatem Weg nach Berlin gelangen sollen. *Es konnte nicht ausbleiben, daß die Mitglieder des Vereins sich bei der Regierung mißliebig machten und der Begründer desselben, Ysaac Brons, in erster Stelle. Das sollte er bald empfinden* [...]. (13. Brief, S. 208) Und so kommt es: Ysaacs Wahl zum lebenslänglichen Senator wird von der königlichen Regierung schroff abgelehnt. Das hindert ihn aber nicht daran, dem König auf seine Weise Respekt zu zollen: *Da am Ende des Jahres 1865 der König von Hannover den letzten Glanzpunkt seines Hauses gerade in Ostfriesland verlebte, so will ich dies hier kurz erwähnen, weil auch wir nicht umhin konnten, dabei mitzuwirken. Der 16. Dezember war der Tag, an dem vor 50 Jahren Ostfriesland dem Königreich Hannover einverleibt worden war.* [...] *Der König erschien am 15.*

*Dezember mit dem Kronprinzen und großem Gefolge in unserer Stadt.* [...] *Abends war unser Haus, welches wir sonst immer an der Vorderfront von unten bis oben von außen illuminiert hatten, diesmal an den beiden hinteren Fronten erleuchtet, weil der König mit dem Gefolge durch die Neutorstraße fahren würde* [...]. *Diese Illumination glänzte in dem Wasser hinter unserem Hause so, daß es einen brillanten Effekt machte. Es fielen angesichts dieses Effektes Äußerungen im Publikum, der Konsul Brons sei auch wohl wieder umgekehrt und königsgesinnt geworden; diese Illumination zeige es ja. Andere aber hatten geäußert, der Konsul Brons tue alles, was er tue, gründlich oder garnicht, auch sei es seine Ansicht, man müsse Gäste ehren und also auch den König und letztere mochten recht haben. Diese Illuminationen erforderten viel Mühe und Unkosten und beides ließ Euer Vater sich nicht verdrießen; er ordnete alles selbst bis ins Geringste an.* (15. Brief, S. 245f)

London, Großstadt, Metropole. Zwei Söhne, Johann und Karl, leben hier 1862 während der dritten Weltausstellung. Sechs Millionen Besucher sind auf den Beinen, darunter Antje, Anny und Bernhard. Sie nutzen die Gelegenheit, drei Wochen haben sie Zeit, um sich in den Trubel mit täglichen Besuchen der Ausstellung zu stürzen. Zu sehen gibt es genug. Da ist der Kristallpalast, ein Wunderwerk der Architektur, nur aus Eisen und Glas. 125 Meter breit, 560 Meter lang, erbaut anlässlich der ersten Weltausstellung in London 1851. Dieser Crystal Palace scheint keine Baumasse zu besitzen, filigranleicht das Eisen, lichtdurchströmt das hagelfeste Glas. Die Dauerausstellung ist eine Schule der Architektur, Botanik, Ethnologie, Geografie und der Kunst. Alles, was die Welt je zu bieten hatte und hat, ist hier teilweise aus Gips reproduziert, Eindrücke von völlig unterschiedlichen Kulturen. Die Illusion ist perfekt, eine frühe Form von Erlebnislandschaft oder Disneyland ist geboren. Der Schriftsteller Fjodor M. Dostojewski dazu: „Menschen, die alle mit einem einzigen Gedanken gekommen sind, die still, unablässig und stumm sich in diesem riesenhaften Palast herumdrängen, und sie fühlen, daß sich hier etwas Endgültiges vollzogen, vollzogen und vollendet hat. Das ist wie irgendein biblisches Bild, irgend etwas von Babylon, ist wie eine Prophezeiung aus der Apokalypse, die sich leibhaftig verwirklicht hat.“ (Kühn, Clara Schumann, S. 561)

Antje selbst verliert darüber nicht viele Worte: [...] *wie wir auch alles, was sich uns in und um London Sehenswertes bot, besichtigten.* (13. Brief, S. 218) Wir ahnen, welchen Einruck dieser Rummel auf sie haben muss; dies ist nicht ihre Welt.

Ysaac lebt wieder zurückgezogen, er vertieft sich erneut in seine Studien, so sehr, dass er beinahe nicht an die frische Luft kommt. Auch der Husten kehrt im Frühjahr 1864 zurück, von leichtem Fieber begleitet. Dies hält ihn aber nicht davon ab, nahezu täglich bis spät in die Nacht Briefe an Johann zu schreiben, der gerade mit Karl seine Geschäfte in Bremen aufbauen möchte. Problem dabei ist die Einbürgerung, für die ein Eid nötig ist, den sie als Mennoniten so nicht leisten können und wollen. Schon Menno Simons lehnte dies ab, weil ein Eid nicht nur dem Gebote Christi widerspräche, sondern auch der Logik. Ein Christ sage die Wahrheit auch ohne Eid, ein Gottloser hingegen könne den Eid ebenso missbrauchen. Ein Kompromiss wird gefunden, Ysaac ist beruhigt, *aber als altem, echtem Mennoniten war ihm das gebrauchte Wort „Mennoniteneid“ sehr anstößig. „An Eidesstatt gegebene Versicherung“ hätte man sagen müssen; darauf aber kommt es nicht, auf die Sache kommt es an“* (15. Brief, S. 243f), schreibt er an seinen Sohn. Viel Aufregung, die umsonst ist. Im November ist Johann Bremer Staatsbürger, ohne einen Eid geleistet zu haben: *„Ein Senator las mir* [...] *den Inhalt des Eides vor und ich mußte dann auf seine betreffende Frage einfach mit „ja“ und Handschlag beteuern, daß ich dem nachkommen wolle.“* (15. Brief, S. 245). Dem Aufbau einer Firma steht nun nichts mehr im Wege. Karl denkt ans Heiraten, was den Eltern mit Geschäftsbeginn aus finanziellen Gründen nicht ganz lieb ist. Karl sieht da keine Probleme, vielmehr wäre er dann zur Sparsamkeit gezwungen. Antje berichtet von der Antwort Ysaacs: *„Sparsam sein aus Mangel an Geld, hat wenig Wert; das Gegenteil davon ist ja von vornherein barer Unsinn. Aus freiem Willen fließende Sparsamkeit dagegen hat einen großen, weit über dessen pekuniäre Folgen hinausreichenden Wert! Übrigens wird das mit Dir so schlimm nicht sein, wie das wohl klingt!“* (16. Brief, S. 248) Nein, wohl nicht, denn die Söhne erhalten eine Mitgift, wobei im Notfall von der Hälfte Zinsen bezahlt werden sollen: [...] *„so darf ich mich doch nach meinem jetzigen Vermögensstande wohl für so weit gesichert halten, daß ich, wenn nicht etwas ganz Besonderes eintritt, nicht daran zu denken brauche, zu Mutters und meinem Auskommen noch Zinsen von Euch in Anspruch nehmen zu müssen. Ich trage mich auch wohl mit dem Gedanken, bei meinem Leben Euch miteinander von etwas abzuteilen und so noch das Vergnügen zu haben zu sehen, daß Ihr die Früchte meiner Arbeit noch weiter genießt.“* (16. Brief, S. 250)

Otto von Bismarck (1815-1898) ist auf der Weltbühne erschienen. Nach jahrelangen Diensten als Botschafter und Diplomat in Frankfurt und Paris ruft ihn der preußische König 1862 als Ministerpräsidenten nach Berlin, um den zunehmenden Verfassungskonflikt im Landtag zu lösen. Er schafft schließlich das neue Deutsche Reich, das ein knappes Vierteljahrhundert bis zur Gründung braucht. Es lebt gerade ein volles Menschenleben lang, eine Eintagsfliege im Angesicht der Jahrtausende. Dieses Reich wird geboren aus dem großen Verzicht der Deutschen auf Österreich. Es ist das Werk eines einzigen genialen Mannes, durch Krieg und Gewalt geschaffen. Den Diplomaten seiner Zeit ist er ein furchtbarer Gegner. „Er log, wie es einer seiner Gegner sagt, immer haarscharf an der Wahrheit vorbei.“ (Freund, Deutsche Geschichte, S. 679) Wo er Kühnes und Verwegenes plant, spricht er es offen aus, weil er weiß, dass dies der sicherste Weg ist, die anderen dazu zu bringen, es nicht zu glauben. Er erstaunt oft die Linke dadurch, dass er sich mitten in ihre Reihen setzt: „Die drüben sind mir zu dumm.“ (Ebd.) Er ist ein Mann von Blut und Eisen, aber auch ein Adeliger in gutem alten Sinn, und er ist Christ. Übermächtig scheinen die Widerstände gegen die Errichtung eines preußisch-deutschen Kaiserreiches: der innere Widerstand, die Preisgabe der Selbständigkeit der Territorialstaaten, fremde Herrschaft in deutschen Gebieten, Holstein und Schleswig müssen aus Dänemark herausgebrochen werden, England sieht Preußen oder Deutschland ungern am Ufer der Nord- und Ostsee, Russland hat dynastische Beziehungen zu Dänemark, und da sind die Habsburger, Österreich, die sich nicht ohne Krieg aus Deutschland herausdrängen lassen wollen. Es geht um die Vorherrschaft in Deutschland. Zunächst gemeinsam führen Österreich und Preußen im Februar 1864 erfolgreich Krieg gegen Dänemark, sechs Monate später wird in Wien der Friede unterzeichnet. Doch die gemeinsame Verwaltung der von Dänemark abgetretenen Herzogtümer Schleswig, Holstein und dem kleinen Lauenburg unter Preußen und Österreich bietet Zündstoff für neue Konflikte, die erst 1866 kriegerisch gelöst werden können.

Stück für Stück macht sich Bismarck an die Arbeit. Rüstung und Gegenrüstung, letzte Scheinangebote. Die Regierungen Deutschlands stellen sich auf die Seite Österreichs, des Bundes, und mobilisieren die Truppen, die schnell geschlagen sind. *Am 6. Mai* [1866, K. B.-A.] *erließ der König von Preußen die erste Mobilmachungsorde, am 9. die zweite und am 12. die Mobilmachung der Landwehr. Am 16. überschritt eine österreichische Patrouille die preußische Grenze und verübte Gewalttaten; Preußen verlangte Genugtuung. Der Kaiser von Frankreich suchte noch den Krieg zu verhindern und lud zu einem Kongresse ein, welche nur von der preußischen Regierung angenommen wurde und deshalb fehlschlug.* [...] *In dieser schweren Zeit war es der Reichskanzler Bismarck, welcher das Staatsschiff Preußens durch alle Klippen und Gegenströme mit mächtiger Hand und scharfem Blick hindurchsteuerte* [...]. *Die Regierung indessen* [in Hannover, K. B.-A.] *überhörte die* [...] *Mahnung, doch wenigstens neutral zu bleiben, und lehnte statt dessen das* [...] *angebotene Friedensbündnis, ihre Truppen auf Friedensfuß zu stellen und ein Parlament einzuberufen, ab und trat somit entschieden auf die Seite Österreichs.* [...] *Das hannoversche Volk nahm mit geteiltem Herzen Anteil am Ausbruch dieses Bürgerkrieges, nur in unserer Provinz regten sich sofort die Erinnerungen und Sympathien für Preußen, denen der Nationalverein in unserer Stadt am 19. Juni Ausdruck verlieh.* (16. Brief, S. 253f)

Antje selbst erlebt den Krieg während ihre Badekur in Bad Oeynhausen mit der Schwiegertochter Gesine: *Als der Krieg ausgebrochen war, fuhren täglich 24 Züge mit preußischen Soldaten unmittelbar an unserem Hause vorbei, während niemand mehrere Tage hindurch etwas von dem Schicksal der hannoverschen Armee wußte. Da die Eisenbahn und der Telegrafendienst zerstört waren, so konnten wir weder abreisen noch Nachricht von zu Hause bekommen, wodurch wir uns sehr beunruhigt fühlten.* (16. Brief, S.

257) Sie sitzen im Hotel bei Tisch, als ein erstes Telegramm am 16. Juni zur Erleichterung aller Gäste eintrifft, es ist von Ysaac: *„Nach Lage der Sache habt ihr dort nichts zu befürchten, da der König mit der Armee nach Göttingen gegangen ist [...]. Zudem könnt Ihr auch jetzt auf der Reise Schwierigkeiten finden, wegen der militärischen Bewegungen. [...] Hier ruhig; sollten Preußen kommen, auch nichts zu befürchten, Bleibt ruhig dort, Reisen jetzt unmöglich."* Zwei Tage später: *„Laß' Dich nicht im mindesten stören, dort in aller Gemütsruhe Deiner Wiederherstellung obzuliegen. Einstweilen kommen hier nur spärliche Nachrichten, soviel erfahren wir aber doch, daß Du ungestört das Badeleben dort weiterführen kannst, als wenn nichts Besonderes in Deutschland vor sich ginge."* (16. Brief, S. 257f)

Nach der Schlacht von Langensalza am 27. Juni ist die Armee des Königs von Hannover völlig von der preußischen eingeschlossen, an ein Entkommen ist nicht zu denken. *Die Bemühungen, den König zur Kapitulation zu bewegen, blieben erfolglos. [...] Nach mehrmaligen, vergeblichen Versuchen von preußischer Seite wurden die Feindseligkeiten wieder eröffnet und die geschlagenen Hannoveraner von den Preußen verfolgt.* (16. Brief, S. 256) Die schließlich entwaffnete Armee wird in Göttingen von der Bevölkerung versorgt, Sohn Johann hält sich hier zu diesem Zeitpunkt bei seiner künftigen Frau Theda Krüger auf. Antje berichtet, dass er am 23. Juli schreibt: *„Die Preußen sind eingerückt; das Benehmen der hiesigen Bevölkerung zeigt nur Gleichgültigkeit. Der König und der Kronprinz haben zu Pferde die Stadt verlassen; er kann nun nicht darauf rechnen, daß man für das Welfenhaus Gut und Blut opfere. Selbst in seinem Heere herrscht ein Geist, der nicht den Namen Zuversicht und Kampfeslust verdient."* (16. Brief, S. 257)

Eine vernichtende Niederlage erleiden die Österreicher am 3. Juli bei Königgrätz in Böhmen innerhalb weniger Stunden.

Die preußische Kriegsmaschine, gerade überholt, blitzschnell, ist der veralteten Armada des Bundes überlegen. Am 26. wird der Waffenstillstand geschlossen. Die Bedingung für den Frieden: Österreich verzichtet auf den Deutschen Bund und jeden Einfluss in Kleindeutschland, Preußen vereinigt die Fürstentümer Hannover, Schleswig-Holstein, Hessen-Kassel, das Herzogtum Nassau und die Freie Stadt Frankfurt mit seinem Staatsgebiet. *Unter den Friedensbedingungen, die Preußen stellte, war in erster Stelle die Einverleibung Ostfrieslands.* (16. Brief, S. 260) Doch auf diesem Schlachtfeld wird die Saat für ein Jahrhundert des Krieges ausgestreut. Die Habsburger versuchen von nun an, ihre in Deutschland verlorene Macht auf dem Balkan zurückzugewinnen, dabei prallen sie auf Russland und werden sich und Europa damit in einen Weltkrieg verwickeln.

Am 30. Juli erscheint das preußische Kriegsschiff „Tiger" auf der Ems, der Kommandant der Emder Garnison lässt sich mit einer Parlamentärflagge entgegenrudern, die Stadt ist in der größten Aufregung, eine Abteilung preußischer Marinesoldaten rückt mit aufgepflanztem Bajonett in die Stadt und bezieht die Kaserne, die von den hannoverschen Soldaten verlassen ist. *Fast unter dem Jubel der Bevölkerung* übernehmen die Preußen das Ruder, Ysaac tut in *erster Stelle das Seinige,* um den neuen Machthabern *auf die freundlichste Weise* (16. Brief, S. 256) zu begegnen. Bereits zuvor, am 2. Juli, hatten einige Männer aus Stadt und Land einen Aufruf erlassen, der zeigt, wie sehr die Ostfriesen mit dem Lauf der Ereignisse zufrieden waren. Ein zweiter ruft die Bevölkerung dazu auf, nur preußische Krieger zu pflegen und zu unterstützen: *Unter diesen Aufruf weigerten sich Euer Vater sowohl als seine Brüder und sein Sohn ihre Namen zu setzen, weil sie es unanständig und taktlos fanden, sofort von einem Lager ins andere überzugehen und den eigenen Landesherrn, dem man im vorigen Jahr noch zujubelte, nun er unterlegen und im Unglück sei, wenn auch durch eigenen Schuld, so gänzlich zu ignorieren.* [...] *Die* [...] *gesandten Ergebenheitsadressen waren Eurem Vater,* [...] *zuwider, obwohl er sich von Herzen freute, daß es so gekommen, denn sein Anstands- und Taktgefühl waren dadurch sehr verletzt* – (16. Brief, S. 259f)

Mit anderen Frauen bildet Antje einen Frauenverein für verwundete deutsche Krieger, sie selbst wird an erster Stelle gewählt. Mit öffentlichen Aufrufen wird um „Liebesgaben" gebeten: *874 Pfund Lebensmittel, Leinwand und Scharpie* sowie *400 Reichsthaler* werden nach dem Generaldepot in Berlin gesandt, *von welchem aus allen Bedürftigen, ohne Unterschied, Hülfe gebracht wurde.* (16. Brief, S. 259f)

Antje erzählt von einem Brief Ysaacs an seinen Freund Krüger am 3. August: *„Nun ist der Schrei gegen Bismarck verstummt, der von Anfang an unbegründet war, daß man ihm die Schuld des Krieges zuschob. Nicht er, wir alle, die wir nach der Einheit und nach einer, seiner geistigen und materiellen entsprechenden Machtstellung des Vaterlandes gerufen haben, verschulden den Krieg, er war eine geschichtliche Notwendigkeit und diese würde ihr Werkzeug, wenn nicht in Bismarck – wenngleich ich nicht übersehe, daß Bismarck in anderer Beziehung anders hätte handeln müssen –, in einem anderen gefunden haben; schwerlich für diesen Gebrauch einen tüchtigeren. Der innere Krebsschaden Deutschlands ist nun mit Österreich – seinem eingefleischtem Feinde – ausgeschnitten und damit das unumgänglich Notwendige. Ich hoffe das Beste und glaube, daß die Südstaaten nicht mehr fern bleiben werden und daß Deutschland einer gesegneten Zukunft entgegengeht."* (16. Brief, S. 258)

Antje: *So ging das Jahr unter allerlei verschiedenartigen Begebenheiten für uns zu Ende, während in der großen Politik sich, unter dem Präsidium der siegreichen Krone Preußens, der Norddeut-*

*sche Bund vollzog und der konstituierende Reichstag angebahnt wurde.* [...] *Die neuen Verhältnisse griffen in die Familien in einer bis dahin nicht erfahrenen Weise ein, welches auch wir empfinden sollten durch die allgemeine Wehrpflicht. Bis dahin hatten die besser gestellten Familien, wenn ihre Söhne sich fest losten, es für ein Übel, ja für eine Schande gehalten, ihre Söhne Soldat werden zu lassen, und sie hatten sich für eine Summe Geldes einen Stellvertreter kaufen können. Von nun an aber wurde es im Gegenteil eine Ehre, die Waffen für das Vaterland zu tragen und sein Leben dafür einzusetzen und die moralische Kraft, die dadurch in die Armee hineingetragen wurde, war vielleicht höher zu schätzen als die physische, um so mehr, als dadurch dem Gerechtigkeitsgefühl des Volkes Rechnung getragen wurde.* (16. Brief, S. 261f)

Zunächst herrscht Frieden, ein trügerischer, denn Frankreich unter Napoleon III. kann sich nicht einfach mit der neuen Machtsituation in Europa abfinden. Noch ist die Einheit des ganzen Deutschlands nicht erreicht, aber zwischen Preußen und den Südstaaten werden Schutz- und Trutzbündnisse geschlossen, und damit wird das außen- und machtpolitische Gefüge des Deutschen Reiches geschaffen. Napoleon III. wird 1870 in einem Krieg gegen eine Vereinigung Deutschlands kämpfen, die eigentlich schon geschehen ist. Es wird ein kurzer Krieg, der auf seine Weise in die mennonitische Familie Brons eingreift. Doch 1867 glaubt man sich hier am Ziel, ein Parlament des Norddeutschen Bundes soll gewählt werden, Ysaac wird in Emden als Kandidat aufgestellt. *Nach langem Kämpfen und Ringen war endlich zum Teil das Ziel erreicht, welches die gediegensten Männer seit 1849 fest ins Auge gefasst hatten.* (17. Brief, S. 263) Doch ein Gegenkandidat aus der Nachbarstadt Leer tut sich auf, ein erbitterter Wahlkampf beginnt: *Wir warteten jeden Abend in spaßiger Stimmung auf die aus den ver-*

*schiedenen Wahlkreisen eintreffenden Nachrichten über den Stand der Dinge, bis am 2. März das Resultat ergab, daß Ysaac Brons mit einer kleinen Mehrheit gesiegt hatte. Nach dem Bekanntwerden des Resultates traf abends eine Menschenmenge, zwei Fahnen vorantragend und mit Musik begleitet, vor unserem Hause ein, um dem Gewählten ein Ständchen zu bringen.* (17. Brief, S. 264) Am 3. April, seinem Geburtstag, reist Ysaac nach Berlin, nachdem er wie gewöhnlich die Verwandten am Vormittag empfangen hat. *Da der erste Reichstag nur ein vorläufiger, konstituierender war, so war er nicht von langer Dauer und schon am 17. April beendet. Jedenfalls mußte es für Euren Vater ein Hochgefühl sein, dasjenige, wofür er mit so vielen Gesinnungsgenossen in die Schranken getreten war, nun verwirklicht zu sehen, wenigstens in seinen Anfängen, und persönlich noch einmal dabei mitwirken zu können, wenn auch nur in geringem Maße.* (17. Brief, S. 265)

Fünfundsechzig Jahre ist Ysaac nun alt, achtzehn Jahre hat er seit dem Scheitern in Frankfurt auf diesen Tag warten müssen. Als er aber für die Wahlen zum dreijährigen Reichstag kandidieren soll, lehnt er nach reiflicher Überlegung ab. Antje vermerkt, dass er am 6. August in der „Ostfriesischen Zeitung" sagt: *„Ich bitte umsomehr, nicht das Augenmerk auf mich zu richten, als wir jüngere Kräfte in unserer Mitte haben, die vermöge lebendiger Beteiligung an den gewerblichen Interessen viel lieber als ich im Stande sind, der Aufgabe zu genügen, die doch nach der Verfassung auf dem gewerblichen Gebiete liegen muß und zu deren Förderung eine Vertrautheit mit dem Leben der Gegenwart vorausgesetzt werden muß!"* (17. Brief, S. 268) Nein, auch weitere Ämterantragungen weist er ab bis auf seine Tätigkeit als Bürgervorsteher. *Mehr und mehr zog Euer Vater sich von nun an in sich selbst zurück. Seinen philosophischen und naturwissenschaftlichen Studien gab er sich nach wie vor mit tiefem Ernste hin, besorgte dabei seine Aufgaben am Kontor aufs Gründlichste, hielt seine*

*Finanzen in musterhafter Ordnung und schrieb abends Briefe an seine auswärtigen Söhne. Allmählich gelang es mir, ihn dazu zu bringen, daß er nachmittags bei mir im Garten seinen Tee trank und die Zeitungen las, was er bislang nicht getan und er gewöhnte sich so daran, daß er jeden Nachmittag, nachdem er seinen Mittagsschlaf gehalten hatte, dorthin kam, gleichviel, ob es regnete oder nicht, und so freuten wir uns alle, daß er an die Luft kam und behaglich in seiner Ecke auf dem Balkon saß, den ich, ohne ihn zu fragen, hatte machen lassen und der ihm bis zu seinem letzten Lebensjahre während der ganzen Sommerzeit unentbehrlich war bis zum Oktober. Er freute sich an unseren sechs Enkeln, die wir damals bereits hatten, wenn sie fröhlich im Garten spielten oder auch des vormittags, wenn einige von ihnen bei ihm auf der Stube ihn durch ihr Geplauder ergötzten.* (17. Brief, S. 269)

Und Antje? Sie ist wie immer vollauf mit der Familie beschäftigt, der zweite Sohn Johann hat geheiratet: *Als der Reichstag zu Ende war, mußte ich bald nachher wieder nach Bremen reisen, um Johann und Theda's Haus einzurichten. Ich konnte damals nur mit der Eisenbahn bis Leer kommen und mußte von dort mit der Post nach Oldenburg, um den anderen Morgen um 5 Uhr mit dem Huntedampfschiff nach Bremen zu fahren. Während das junge Paar am Genfer See, am Golf von Neapel, in Monaco und später in Rom voll Entzücken verweilten* [sic!], *stand ich im Souterrain ihrer Wohnung und ließ ihre Sachen aus dem sie umgebenden Stroh auspacken, wobei ich den ganzen Tag zubrachte und zwar in der Kälte, da der Mai uns noch keine Wärme gebracht hatte und wahrscheinlich nicht ohne Schaden für meinen Körper, wie sich später herausstellte. Überhaupt hatte das Jahr 1867 etwas anstrengend für mich angefangen. Da die hier garnisonierenden Offiziere Besuch bei uns gemacht hatten, fühlten wir uns verpflichtet, schon aus politischen Rücksichten, diese einzuladen und gaben am 7. Februar einen Ball, auf dem 68 Personen erschienen. Dann kamen die Wahlaufre-*

*gungen im April, die Hochzeit in Göttingen, wo ich unwohl ankam, weil ich auf der Reise einen Schrecken gehabt hatte, indem Euer Vater, als wir zusammen abreisten, in Osnabrück, wo er ausstieg, um sich ein Glas Bier zu holen, zurückblieb, weil der Zug weiter fuhr, ohne daß es angekündigt worden war und ich also ohne ihn und in der Nacht um ein Uhr in Hannover ankam, wo ich glücklicherweise, weil wir telegraphiert hatten, Logis fand. Von Eurem Vater hatte ich bereits in Minden ein Telegramm erhalten, mit der Bitte, ihm seine Sachen aussetzen zu lassen und daß ich keine Sorgen um ihn zu haben brauche.* (17. Brief, S. 267)

Vorbei die Zeit der offenen Reisekutsche, Raum und Zeit sind im Wandel, die neue Verkehrsentwicklung greift massiv ins Leben ein. Seit 1835 gibt es die erste Eisenbahnverbindung zwischen Nürnberg und Fürth, Bahnhöfe entstehen an den Stadträndern, die Städte wachsen entlang der Gleise ins Land hinaus. Auch Kritik wird laut: So verwandle die Eisenbahn den Menschen vom Reisenden zum lebenden Paket, die Fülle der Eindrücke von vielen hundert Meilen bei hoher Geschwindigkeit fördere eine bislang unbekannte Müdigkeit, Erschöpfung. Isoliert ist der Einzelne, denn eine Verbindung zwischen den Abteilen gibt es noch nicht, kein Gang, keine erreichbare Toilette. Als Frau allein im Zug? Antje wird sich gefühlt haben wie eine Frau, die sich heute nachts ohne Schutz in einer leeren S- oder U-Bahn aufhält.

Auch das Jahr 1868 fängt für sie *wieder etwas anstrengend* (17. Brief, S. 270) an; während Ysaac sich dem Alter entsprechend auf eine etwas gemütlichere Gangart einlässt, scheint es die für Antje nicht zu geben. Johanns Frau erwartet ihre Entbindung, und die Schwiegermutter soll ihr beistehen. Zwar geht die Eisenbahnstrecke jetzt schon bis Bremen durch, aber die Lokomotive hat einen Schaden, notdürftig muss übernachtet werden, um früh am Morgen die Fahrt fortzusetzen. Angekommen, findet sie die Mutter und ein weiteres Enkelkind wohlauf. Antje reist wieder ab. Im Sommer kann sie Ysaac zu einem Kurzurlaub überreden: *Nach diesen, wenn auch wenigen, schönen Tagen, mußte ich, nach Hause kommend, wegen schon länger gefühlten Unwohlseins, des morgens Brunnen trinken, wonach ich Besserung verspürte. Nach und nach hatte sich unser kinderreiches Haus entleert und hiermit waren auch die täglichen Anforderungen, namentlich an uns, sehr verringert worden.* (17. Brief, S. 271) Doch im September erkrankt Antje erneut, ein schweres Halsleiden zwingt sie, wochenlang das Zimmer zu hüten, Tochter Anny reist auf Wunsch Ysaacs an, um die Mutter zu pflegen. Zum Weihnachtsfest ist sie wieder auf den Beinen und kann wie gewöhnlich eigenhändig den Weihnachtsbaum schmücken, nachdem sie die Geschenke für Groß und Klein besorgt hat. *Ungewöhnlich frisch, namentlich geistig, trat Vater das neue Jahr 1869 an, welches für uns ein ereignisvolles wurde und ungewöhnliche Anforderungen an uns stellte.* (17. Brief, S. 274)

Zunächst einmal werden im Februar und April Gesellschaften mit Abendessen im Saal gegeben. Ysaac ist nach wie vor ein aufmerksamer Gastgeber: Seinen Weinkeller hält er in ergiebigem Zustand, zum Dessert hat er immer ein Glas extrafeinen Wein bereit. In einem Weinbuch wird jeder Ein- und Ausgang notiert, so dass er ständig auf dem Laufenden ist. Er selbst trinkt im Alter nun auch ein Glas Rotwein zum Mittag- und Abendessen, um Spirituosen macht er sein Leben lang einen Bogen, nur ein Gläschen Port am Vormittag darf's sein.

Das Gerücht macht die Runde, dass der König von Preußen nach Norddeutschland reisen wird, um unter anderem in Wilhelmshaven den neuen Kriegshafen einzuweihen. Das Hause Brons erscheint den Emdern als geeignetes Quartier, was das Ehepaar, und besonders Antje, *in nicht geringe Aufre-*

*gung* versetzt. Sie berichtet, dass Ysaac am 8. Mai an den Magistrat schreibt: *„So bedenklich meine Frau und ich dabei sein müssen, ob wir auch nur dasjenige zu leisten vermögen – bei unserem hohen Alter – was unsere für solchen Zweck beschränkten Räumlichkeiten zulassen, so überwiegt bei uns doch die hohe Ehre, die uns damit widerfahren würde und der Wunsch unserer Mitbürger."* (17. Brief, S. 276)

Wenige Tage später ist die Sache perfekt, das Hofmarschallamt teilt mit, dass das Reisebett des Königs mitgenommen werde. Antje: *Wir fingen nun eifrig an, die Vorbereitungen zum Empfange so hoher Gäste zu machen, wobei mir selbstverständlich der Löwenanteil zufiel, was die Einrichtung im Innern des Hauses betraf.* [...] *Euer Vater ließ es sich indessen nicht nehmen, alles, was ihm bei der Sache zu tun oblag, selbst in die Hand zu nehmen. Er ließ z.B. einen kleinen Vorbau vor der Haustür bis an die Treppe, vor welcher der Wagen halten mußte, aufführen und entsprechend dekorieren* [...]. *Da die Ankunft des Königs auf den 28. Mai festgesetzt war, hatte alles Eile. Weil wir damals noch keine Spiegel zwischen den Fenstern in unserem Saale hatten, wurden diese von Berlin verschrieben. Ein Ballen Fußdeckenzeug zu Läufern durch das ganze Haus, bis auf die Straße liegend, wurde angeschafft, Pflanzen von Köln verschrieben. Die feinsten Zigarren, den besten Champagner zum etwaigen Gebrauche besorgte Euer Vater.* (18. Brief, S. 278f)

Viel Hektik, die vergebens ist, die Reise verschiebt sich einmal, zweimal, nun soll der König nebst Gefolge am 18. Juni eintreffen. Während der hohe Gast nach zuvor anstrengenden Tagen in Bremen und Wilhelmshaven in Aurich die Nacht verbringt, hat das Ehepaar Brons zum Empfang des Königs am folgenden Tag alles in Bereitschaft gesetzt. Gegen elf Uhr versammeln sich die Herren in Hause und bilden mit den Blumen Spalier. Antje sitzt unterdessen im vollsten Staate auf Ysaacs Stube, die einzige, die noch privat zur Verfügung steht: *Als die Glocken anfingen zu läuten, zum Zeichen, daß der König sich der Stadt nähere, da – ich muß es gestehen – fühlte ich doch das Herz etwas stärker klopfen als sonst. Ich begab mich nun nach unten, wo Euer Vater die Herren empfangen hatte, nahm meinen Platz, nach Anweisung des Adjutanten, etwas von den Herren zurück am Eingange des Mittelkorridors, damit der König mich nicht sogleich bemerken sollte; „denn", sagte dieser Herr, „da seine Majestät sehr rücksichtsvoll gegen Damen ist, so würde es ihn beunruhigen, Sie warten zu lassen zu müssen, was der Empfang ja mit sich bringt!" Vater stand draußen, um zuerst den König zu begrüßen, nach der Vorschrift des Hofmarschallamtes* [...]. *Nachdem der König die Reihe der Herren passiert hatte –* [...] *trat er zu mir und ich zeigte ihm nach der Begrüßung den Weg zu seinen Zimmern. Als ich die Saaltür öffnete, brannte das Feuer hell im Kamin, was ihn sichtlich erfreute; denn er sagte, daß es, obwohl Juni, sehr angebracht sei, und nun entfernte ich mich* [...]. (18. Brief, S. 281f)

Das offizielle Programm beginnt, der König hält Hof, danach geht's zu einer Schiffspartie auf den Dollart bei feinem Regen. Ysaac ist natürlich auch eingeladen, nur Antje sitzt zu Hause: *Ich saß indessen ganz allein auf seiner Stube, bekam kein warmes Mittagessen, weil in unserer Küche, um den Geruch zu vermeiden, nicht gekocht wurde; für die Beköstigung der Dienerschaft war anderweitig gesorgt worden. Da ich das Haus nicht verlassen konnte und auch niemand zu mir kam, weil alle Welt auf den Beinen war, um die Ehrenpforten und Ausschmückungen zu sehen und vor allen Dingen den König selbst nebst seinem großen Kanzler Bismarck, sowie die anderen, hohen Persönlichkeiten, so hatte ich eigentlich nur lange Weile und konnte mich nur durch die hohe Ehre, die unserem Haus widerfahren war, entschädigt halten.* (18. Brief, S. 283)

Am Abend treffen sich etwa neunzig hohe Herren zum Essen im Rathaus, den Tisch schmücken die Pokale aus dem Silberschatz der Stadt Emden. Um 19 Uhr erstrahlt die Stadt im Lichterglanz, der König zeigt sich auf dem Balkon der jubelnden Menge. Antje lässt sich derweil in einem Wagen durch die Stadt fahren, um etwas vom Leben und Treiben zu sehen, dann muss sie auch schon wieder nach Hause, um das Feuer im Kamin zu unterhalten und letzte Wünsche vom Salonkammerdiener zu erfragen. Gegen 21 Uhr kommen die Männer heim. Während der König allein seinen gewünschten Tee genießt, plaudern die Gastgeber mit dem Flügeladjutanten und dem diensthabenden Offizier der ortsansässigen Garnison. Die sechs Soldaten, die auf dem Korridor als Nachtwache postiert sind, dürfen schließlich auf Befehl des Königs abrücken. Antje: *Uns war es eine Freude, daß der König sich unter unserem Dache ohne Wache sicher fühlte. Obwohl es vom Magistrate untersagt worden war, daß während der Anwesenheit des Königs Wagen vor unserem Hause vorbeiführen, so gingen doch, wenn auch in ruhiger Weise, eine Menge Fußgänger vorbei. Euer Vater ging deshalb gegen zehn Uhr auf dem Alten Markte umher und bat freundlich, man möge sich entfernen, damit der König Ruhe bekomme. So wurde es still vor unserem Hause und ungestört konnte sich der König in sein schmales, niedriges Feldbett legen, in welchem eine Ledermatratze, ein kleines Kopfkissen und eine karierte, wollene Decke lag, welche die Lakaien in einem Koffer nach oben gebracht hatten.* [...] *Am anderen Morgen um sieben Uhr saß der König schon am Schreibtisch* [...]. (18. Brief, S. 285) Um acht lässt er sich bei der Hausherrin melden: *Als der große, stattliche Mann eintrat, begrüßte er mich freundlich, trat auf mich zu und sprach sein Bedauern darüber aus, daß er seinen Besuch zweimal hätte hinausschieben müssen, wodurch er allen Beteiligten so viel unnötige Unruhe gemacht habe* [...]. *Ich fühlte mich dem König ge-*

*genüber nicht im mindesten befangen* [...]. (18. Brief, S. 287) Kurze Zeit später ist der hohe Gast abgereist. Gleich danach kommen neugierige Bürger unerlaubt ins Haus, um die nun verlassenen Räume zu besichtigen, nach vielen Anfragen gestattet das Ehepaar Brons schließlich den Zugang für zwei Tage. Nur wenig Zeit vergeht, bis aus Berlin die schönsten Dankesgeschenke eintreffen: Ysaac wird zum preußischen geheimen Kommerzienrat ernannt, nun endlich, nachdem der Vorgänger Ernst August dies verhindert hatte. Antje erhält eine schöne Porzellanvase mit viel Gold und dem Konterfei des Königs, die fortan ihren Platz im Saal einnimmt. Kriege und Umzüge hat dieses Prachtstück bis heute unbeschadet überstanden und befindet sich in Familienbesitz.

Nach diesem Trubel begeht die Familie das Weihnachtsfest, es ist, wie fast immer, *auch diesmal ein ungetrübtes und fröhliches und das vermeintliche kalte Fieber, woran Johann in Bremen seit einiger Zeit litt, machte uns wenig Sorge.* [...] *Als das Jahr zu Ende ging und das neue heraufzog, da dachte wohl niemand daran, daß bald drohende Wetterwolken aufsteigen und sich so furchtbar über ganz Deutschland entladen würden, als wie sie getan. Fröhlich in Hoffnung traten auch wir es an; aber Trübsal aller Art barg es in seinem Schoße, was unseren engsten Familienkreis betraf.* (19. Brief, S. 294f)

Johanns Erkrankung wird immer schwerer, er kann nicht mehr arbeiten, sein Bruder Karl muss alleine die Geschäfte führen. Im April raten die Ärzte zum Luftkurort, die Kosten dafür übernehmen die Eltern. Antje berichtet, wie Johann vom Krankenlager schreibt: *„Es ist doch ein großer Trost, wenn man so im Elend sitzt, wie ich jetzt, zu wissen, daß man noch einen alten Papa und eine alte Mama hat, die immer zu helfen bereit sind und immer mitfühlen, was einen bedrückt!"* (19. Brief, S. 295f)

Auch Antje wird krank, sie leidet an einer Kopfrose, so hat Ysaac doppelte Sorge. Sohn Claas plant einen Auslandsaufenthalt, was der Vater verhindert. Karl fühlt sich in Bremen allein mit den Geschäften wegen eines drohenden Krieges überfordert. Ysaac an Claas: *„Ich wünsche daher, daß Du Deine Reise etwas aufschiebst und ihm beistehst. Es versteht sich von selbst, daß Du damit übereinstimmen wirst. Auch könnten Zeiten kommen, wo ich Dich nicht gerne in der Fremde herumtreiben hätte!"* (19. Brief, S. 297)

Derweil empören sich die Mächte Europas in gegenseitigen Ängsten vor Gebietserweiterungen und Kränkungen, Frankreich entscheidet sich für Krieg und erklärt dies Preußen am 19. Juli 1870. Frankreich ist schwach, Preußen stark. Seit Jahren ist man hier auf diesen Krieg vorbereitet. Die süddeutschen Staaten stehen zur preußischen Allianz, ihnen bleibt auch gar nichts anderes übrig. Antje erfährt nichts von den Aufregungen, nach einem Rückfall liegt sie in Fieberfantasien: *Ich war gleich, nachdem Friedrich in Manöver gezogen war und ich mich durch Kochen und Plätten (elf von seinen Hemden je in einer halben Stunde), da auch die Mägde krank waren, angestrengt hatte, was um so nachteiliger wirkte, da ich mich von der letzten Kopfrose noch nicht ganz erholt hatte, wieder krank geworden.* (Ebd.)

Ysaac hält alle schlechten Nachrichten von ihr fern. Als sich aber der jüngste Sohn Friedrich mit seinen zwanzig Jahren von ihr verabschiedet, um in den Krieg zu ziehen, *da wurde es für einen Augenblick Licht in meinem Kopf und von da an war ich in meinen Phantasien immer mit dem Krieg beschäftigt.* (19. Brief, S. 298) Auch der fünfundzwanzigjährige Claas will mit in den Kampf ums Vaterland ziehen. Antje erwähnt, dass Ysaac ihm in verschiedenen Briefen schreibt: *„Ich würde mit schwerem Herzen ja dazu gesagt haben, wenn Du vorher gefragt* *hättest. Mutter darf ich es noch nicht mitteilen. Sie ist sehr, sehr schwach; alle Schonung bleibt geboten und es wird wohl eine lange Zeit zur Kräftigung erforderlich sein. Als ich es nicht länger aufschieben konnte, ihr zu sagen, daß unser Regiment mobil gemacht sei, begriff sie wohl, was das einschließt, jedoch nur so dunkel, daß mein „wir wollen das Beste hoffen" sie so ziemlich wieder beruhigte! Die Zeit ist ernst; Gott der Allmächtige nehme Dich in seinen Schutz! Amen!"* (19. Brief, S. 298) In einem Brief am 28. Juli: *„Mutter weint, ziemlich milde und entschlossen. Ich knirsche mit den Zähnen und könnte den Kerl* [Napoleon III., K. B.-A.] *in Stücke zerreißen."* Am 1. August: *„Mutter ist keineswegs wieder besser, Die Hautentzündung (Rose) ist an verschiedenen Stellen des Körpers aufgetreten; sie ist sehr abgemagert.* [...] *Und Krieg, wer weiß, ob er nicht an meinen Herd dringt – ich habe wahrlich schon so drückendes genug zu tragen!"* Am 4. August: „[...] *An Mutters linkem Fuß zeigt sich eine neue Hautentzündungsrose und Fieber. Traum und Wirklichkeit laufen ihr durcheinander.* [...] *Ich befehle Dich in Gottes Schutz! Dein Vater!"* (19. Brief, S. 298f)

Zwei junge Mennoniten ziehen in den Krieg, sie gehören zu einer Familie, die seit Generationen diesem Glauben verbunden ist. Und genau hier wirft sich die Frage auf, die selbst heute in dieser Freikirche immer wieder Grund für Diskussionen liefert: denn Mennoniten sind eine „Friedenskirche", Pazifisten aus der Überlieferung ihrer Geschichte. So ist im Biographischen Lexikon für Ostfriesland zu lesen: „Daß in der Hochzeit des Nationalismus, im deutsch-französischen Krieg, die pazifistische Linie von Ysaac und Antje Brons nicht konsequent durchzuhalten war, spricht weniger für ihre Schwäche als vielmehr für die Stärke des ersteren; [...]" (Biographisches Lexikon, 4. Band, S. 76) Antje selbst greift diesen Punkt in ihrer großen geschichtlichen Aufarbeitung der Mennoniten auf, die 1884 als Buch erscheint. Hier schreibt sie: *An-*

*gesichts der in den Niederlanden wegen ihres Glaubens erschlagenen und dem Feuertode geopferten Brüder, angesichts der gleichzeitigen gotteslästerlichen Kriege in Deutschland, wo Glaubenswuth, Herrschsucht, Rachsucht und Eifersucht über die Köpfe des Volkes hinweg das Schwert ergriffen, Länder verwüsteten, Wittwen* [sic!] *und Waisen ihrem Schicksal überliessen, stand die mennonitische Gemeinschaft frei von Blutschuld. Keiner der Ihrigen hatte sich für Sold anwerben lassen, um im Dienste fremder Heerführer das Mordgewehr zu ergreifen,* [...] *keiner hatte sich zwingen lassen, einzutreten in die Reihen der Länder- und Völkerverwüster.* [...] *Ueber drei Jahrhunderte hatten die Mennoniten in Preussen ihrem Glaubenssatze, dass der Christ sich an keinem Kriege betheiligen dürfe, leben können.* [...] *Sie wollten lieber Opfer an Geld* [gemeint sind hier Schutzgeldzahlungen, K. B.-A.] *und Gut bis zur Erschöpfung bringen, ja, was noch schlimmer zu tragen war, ihre jungen Männer dem Spott und Hohn aussetzen, als ihren religiösen Grundsatz aufgeben.* [...] *Die ihnen von den Vorfahren überkommenen, stets respektirten und bestätigten Privilegien hatten ihnen in dieser Beziehung eine solche Sicherheit gegeben und sie waren ihrer Sonderstellung so gewohnt worden, dass sie sich kaum Rechenschaft darüber gaben, ob die Grundursache ihres Glaubenssatzes noch in der alten Tragweite vorhanden sei.* [...] *Vorläufig indessen war die Geistesarbeit bei den Mennoniten noch nicht vollbracht, welche nothwendig war, um einer der veränderten Sachlage entsprechenden Umgestaltung der religiösen Ansichten der Väter zum Durchbruch zu verhelfen. Da ihnen aber eben diese Väter als bestes Erbtheil Freiheit von allen Dogmen und Glaubensbekenntnissen hinterlassen hatten, so war mit Sicherheit vorauszusehen, dass, was sich überlebt hatte, nach einiger Zeit pietätvollen Daranfesthaltens im Strom der Zeit versinken werde. Dazu gab weitere Veranlassung der Sturm, welcher im Jahre 1848 aus der Tiefe der Volksseele sich erhob* [...]. *Altes und Abgestorbenes wurde fortgefegt und Neues angebahnt* [...]! *Die Stellung der Mennoniten im Staate musste davon berührt werden. In Hannover waren die Mennoniten bis dahin durch die Regierung von der Theilnahme an der Volksvertretung ausgeschlossen worden. Das Frankfurter Parlament zählte unter seinen Mitgliedern einen Mennoniten aus Emden, der als Reichskommissär in Marinesachen nach Hamburg ging, einen aus Krefeld, von Beckerath, der Reichsminister wurde, und, wenn wir nicht irren, noch einen, einen Landwirth aus Baiern.* [...] *von Beckerath* [...] *bemerkte, so lange keine allgemeine Wehrpflicht in Preussen bestanden hätte, seien die Rechte der anderen Staatsbürger durch die den Mennoniten eingeräumte Begünstigung nicht verletzt worden, jetzt nach Einführung der allgemeinen Wehrpflicht aber sei die Befreiung der Mennoniten von derselben eine Abnormität, sie sei in dem neu zu gründenden Staat, dessen Kraft darauf beruhe, dass alle Bürger in Rechten und Pflichten gleich ständen, nicht mehr haltbar.* [...] *An jeden Einzelnen trat die Nothwendigkeit heran, mit seinem Gewissen zu überlegen, wie er sich zu der Sache stellen könne.* [...] *Professor Wilhelm Mannhardt* [...] *sprach* [...] *seine persönlichen Erfahrungen und Ansichten über das Unzeitgemäße* [der Wehrfreiheit, K. B.-A.] *in der Jetztzeit, in den Mennonitischen Blättern vom Jahre 1869 aus. Er hob zuvörderst nachdrücklich hervor, dass religiöse Fragen nur nach innerer Ueberzeugung beantwortet werden dürften, und dass daher auch die Wehrlosigkeit nicht blos* [sic!] *deshalb aufgegeben werden dürfe, weil äussere Nöthigung dazu vorhanden sei. Man müsse untersuchen, ob sie in bisheriger Weise vor dem Gewissen bestehen könne, und dürfe unter keinen Umständen gegen das innerste der Mennonitengemeinschaft verstossen, wenn man diese und sich selbst nicht aufgeben wolle.* [...] *aber starre Durchführung und Anwendung eines Prinzips auf alle Fälle würde sich gar oft mit einer sittlichen und somit christlichen Weltanschauung nicht vertragen.* (Antje Brons, Ursprung, S. 317ff)

Antjes abschließende Worte zu diesem Kapitel: *Möge der Mennonit aber, wenn ihn das Schicksal in den Krieg führt, stets bedacht sein, sich den reinen Christensinn der Väter zu bewahren und darnach zu handeln!* [...] *Wem aber die im Elternhause eingepflanzten sittlichen und religiösen Grundsätze der Väter und der Gemeinde im Lärm der Welt nicht abhanden kommen, der trägt einen sicheren Regulator in sich selbst, wie ihn jeder Christ hat, oder doch haben sollte.* (Antje Brons, Ursprung, S. 334)

Seit dem Reichstagsbeschluss vom 9. November 1867 ist die Wehrfreiheit der Mennoniten aufgehoben, Antje und Ysaac spüren nun die Folgen, und sie tragen sie wie alle anderen Eltern der 400.000 deutschen Soldaten in diesem Krieg: *Inzwischen haben unsere Truppen Sieg auf Sieg erfochten. Ich vergesse es nie, wie mit freudig strahlendem Gesicht Euer Vater an mein Krankenbett trat und mir den Sieg von Weißenburg mitteilte. Ich konnte schon wieder einige Stunden außerhalb des Bettes zubringen und beobachtete mit Interesse, wie die Leute, wenn ein Telegramm angeschlagen worden war, dorthin stürzten, um den Inhalt zu lesen.* (19. Brief, S. 300)

Die Söhne erfüllen ihre Pflicht gegen das Vaterland, die Eltern spüren nun die drückende Last der Sorge. Fast fünfzig Seiten füllt Antje in ihrer Lebenserinnerung mit den Briefen der Söhne von der Front; dreihundertfünfundachtzig Seiten reichen für das ganze Leben – fünfzig erzählen von Krieg, Kampf, Kälte, Krankheit. Wörtlich gibt sie die wichtigsten Stellen aus den Briefen und den Korrespondenzkarten wieder, *weil diese abgängig sind und es schade sein würde, wenn der Inhalt verloren ginge!* (20. Brief, S. 321) Schreiben können nur die Lebenden – und so ist jede Zeile ein Zeichen.

Der Vater schreibt regelmäßig an die Söhne. Antje erwähnt mehrere Briefe aus dieser Zeit. So beispielsweise aus einem Brief vom 3. März 1871: *„Ich habe es kaum zu hoffen gewagt, daß* *wir so glücklich sein möchten, daß Ihr beide unversehrt durchkommen würdet. In den letzten Wochen habe ich der Post mit ebensoviel Besorgnis als Verlangen entgegengesehen und hatte gottlob jedes Mal, wenn auch nach schmerzlichem Harren, das Glück, erfreuliche Nachrichten bis zur Beendigung der Kämpfe zu empfangen, zu innigem Dank gegen den Allgütigen.* [...] *Kommt, wie mit gesunden Gliedern, so auch sittlich rein zum ungetrübten Hochgenusse des Gefühls, in dieser großen Sache mitgewirkt zu haben!"* (22. Brief, S. 347)

Am 2. September 1870 kapituliert Kaiser Napoleon III. nach der Schlacht bei Sedan und legt seinen Degen in die Hände von König Wilhelm, das Kaisertum der Franzosen bricht mit einem Schlag am 4. September zusammen. Eigentlich könnte es damit gut sein, aber dieser Krieg entwickelt eine eigene Dynamik. Ganz Deutschland schreit nach der Wiedergewinnung Elsass und Lothringen, Friedensverhandlungen mit der neuen französischen Regierung scheitern. Bismarck: „[...] zum aufrichtigen Freunde könnten wir Frankreich doch nicht gewinnen; also müssen wir es unschädlich machen." (Freund, Deutsche Geschichte, S. 743) Während die Festung Paris belagert wird, bereiten die deutschen Staaten in Versailles die Einigung Deutschlands vor. Die Südstaaten, genauer Bayern, Württemberg, Baden und Hessen, gehen in Preußen auf, Preußen in Deutschland. Das neue Deutsche Reich beginnt am 1. Januar 1871 vertragsgemäß zu existieren, entstanden im Heerlager, nicht im Parlament. Am 18. Januar wird König Wilhelm zum Deutschen Kaiser proklamiert, aber er sträubt sich dagegen, wie es schon sein Bruder getan hat, als ihm von der Paulskirche die Kaiserkrone angetragen worden war: „Ich übernehme nur ein Scheinkaisertum, nichts weiter als eine Bezeichnung für Präsident." (Freund, Deutsche Geschichte, S. 744) Am Tag vor der Kaiserproklamation bricht er in lautes Weinen aus und nimmt damit Abschied von seinem Preußen. Nach einem dreiwöchigen Waffenstillstand wird Anfang März 1871 der Friede geschlossen. Die Franzosen haben eine Kriegsentschädigung von fünf Milliarden Franc zu zahlen, damals eine ungeheure Summe, aber sie wird verhältnismäßig leicht aufgebracht. Die Provinzen Elsass und Lothringen sind ein hoher Preis, sie gehören fortan zum neuen Deutschen Reich. Die Besatzung wird nach wenigen Jahren aufgehoben, aber Frankreich ist nicht zerbrochen, es wartet von nun an auf mächtige Verbündete, um die Entscheidung des Jahres 1871 anzufechten. Und Deutschland? Hier wirken die Milliarden der französischen Kriegsentschädigung auf ihre Weise in der Volkswirtschaft. Bürgertum und Aristokratie leben liberal in einer kapitalistischen Wirtschaft in einem politisch autoritär geführten Staat. Aktiengesellschaften schießen aus dem Boden, neue Industrien, Großbanken mit Marmorpalästen, die Städte wachsen in gleichförmigen Straßenzeilen, benannt nach den Schlachten der deutsch-französischen Kriege – die Gründerjahre sind da und mit ihnen neue Herausforderungen.

Claas kehrt heim und etabliert sich mit Erfolg geschäftlich in Hamburg, Friedrichs Entlassung erfolgt erst im Januar 1872, für seine Verdienste wird er mit dem Eisernen Kreuz ausgezeichnet und beginnt seine kaufmännische Ausbildung in England. Es kehrt wieder Ruhe in die Familie ein, Ysaac widmet sich wieder seinen schweren Studien, Darwin ist an der Reihe, den er in englischer Sprache erarbeitet. Hegel, der ihn nun schon seit Jahrzehnten herausfordert, scheint mit der Fertigstellung des Wörterbuches mit Register abgeschlossen. Auch Antje gibt sich wieder ihren gewohnten Beschäftigungen hin. *Trotzdem aber machte sich bei mir eine körperliche Schwäche in Folge der vorjährigen schweren Krankheit und der geistigen*

*Aufregung geltend* [...]. (22. Brief, S. 350) Nach einer Badekur kehrt sie gekräftigt nach Emden zurück und hat schon gleich wieder neue Aufgaben: *Bisher waren viele Krieger vereinzelt entlassen worden und heimgekehrt und daher konnte ihnen kein wohlverdienter, würdiger, öffentlicher Empfang bereitet werden. Als aber 500 Mann von unserem Regiment auf einmal zurückkamen und dies einige Tage vorher bekannt wurde, da rüsteten wir uns, diese nach Gebühr zu empfangen. Ich lud alle möglischen* [sic!] *jungen Mädchen aus allen Kreisen ein, in unseren Garten zu kommen, um am Tage vor der Ankunft der Krieger für jeden ein Knopflochbouquet zu machen. Am Vormittag des 16. Juli 71 kamen sie mit dem Zuge an und gingen unter Glockengeläute und Hurrahrufen nach dem Neuen Markte, wo wir mit unseren Bouquets bereit standen.* [...] *Feierliche Ansprachen und Reden wurden gehalten und die jungen Mädchen überreichtem jedem Soldaten ein Bouquet. Darauf gings im Zuge nach der Großen Kirche, Frau Direktor Schweckendiek und ich voran. Dann folgten die übrigen Frauen, die jungen Mädchen, die Krieger mit der Fahne, die in der Kirche einen Platz bei den anderen aus den Befreiungskriegen erhielt und darauf wurde eine Dankpredigt gehalten. Mittags war in unserer Küche ein feines Mittagessen für einige Soldaten, die bei uns in Quartier gewesen waren, bereitet. Die Köchin hatte Terrine und Bratenschüssel mit Eichenlaub bekränzt* [...]. (22. Brief, S. 351)

Am 3. April – Ysaacs siebzigstem Geburtstag – wird die Verlobung des Sohnes Theodor bekanntgegeben. Auf Familienbeschluss hat er den Landsitz in Groothusen zur selbständigen Bewirtschaftung erhalten, für eine kaufmännische Laufbahn wie seine Brüder scheint er den Eltern nicht geeignet. *So war denn nun wieder Ruhe in den Familien eingetreten und somit auch in der unsrigen. Euer Vater konnte sich mit innerlicher Sammlung wieder seinen Studien und ich mich meinen gewohnten Beschäftigungen mit Ruhe hingeben.* [...] *Während im verflossenen*

*Jahre zwei unserer Söhne den Kugeln der Gewehre und der Mitrailleusen, sowie den maßlosen Strapazen der Märsche, schlechter Nahrung und Nachtlagern unter freiem Himmel oft bei 7 Grad Kälte unversehrt entgangen waren, mußten wir einen dritten, Johann in Bremen, von dem Anfange eines bald sich zeigenden, verzehrenden Übels dahinsiechen sehen, wenn wir auch damals noch die Hoffnung durch die anzuwendenden Mittel hegten.* (22. Brief, S. 350)

Und auch Ysaac geht es nicht gut, sein Husten plagt ihn erneut, *aber etwas dagegen zu tun, davon wollte er nichts hören und namentlich davon nicht, daß er mehr an die frische Luft gehen und sich bewegen müsse. Er lebte regelmäßig, teilte seine Zeit genau ein; an der Zeit, die er für seine Studien bestimmt hatte, wollte er nichts kürzen, ging im Halbdunkeln spazieren und wie immer, zweimal die Woche zum Club, wo die Luft ihm nur schädlich sein konnte.* (23. Brief, S. 354) Im Dezember bittet Ysaac um die Entlassung als Mitglied des Emder Bürgervorsteherkollegiums, fünfundvierzig Jahre hat er diese Aufgabe geleistet; so wie sein Eintritt in die Politik begonnen hat, so endet auch sein Wirken in öffentlichen Angelegenheiten. Er ist jetzt bis auf seine Tätigkeit im Kirchenrat der Mennonitengemeinde Privatmann und genießt am Nachmittag gemeinsam mit Antje den Tee, im Sommer im Garten, natürlich darf eine anspruchsvolle Lektüre nicht fehlen, und auch Antje versucht sich ebenfalls von ihren Sorgen durch das Bibelstudium zu erholen und zu stärken.

*Im Januar 1873 reiste ich nach Bremen, obwohl mein Befinden auch zu wünschen übrig ließ, aber mein Verlangen, unseren leidenden Sohn zu besuchen, und Vaters diesbezüglicher Wunsch, ließ dieses in den Hintergrund treten. Leider fand ich seinen Zustand, der sich im letzten Jahr gebessert hatte, auf´s Neue sehr bedenklich. Es schnitt mir ins Herz, wenn ich unseren früher so gesunden und kräftigen Sohn wie eine Jammergestalt vor Augen hatte, und mir sagen mußte, daß sein Körper unaufhaltsam dem Naturgesetze der Auflösung verfallen sei.* [...] *Da am 3. April, an Eures Vaters Geburtstage, Theodor und Ellas Hochzeit in Hannover stattfinden sollte, so reiste ich am Tage vorher in Begleitung von Martha, Gesine, Heyko und Bernhard nach Hannover. In Bremen waren Johann und Karl beide an der Bahn. Ersterer sah mich mit so kummervollem Blicke an, daß ich seine Augen niemals vergessen habe.* [...] *Ich aber nahm Abschied von meinem Sohne, den ich nun zum letzten Male sah. Gut, daß ich es damals nicht gewußt habe, da ich zum Freudentage eines anderen reiste* [...]. *Es ist mir ein Trost gewesen, daß ich zu Anfang des Jahres vier Wochen lang unseren lieben, kranken Sohn mit habe pflegen und sehen können, wie meine Gegenwart ihm ein Labsal war. Euer Vater indessen war hier* [Emden, K. B.-A.] *allein, forderte mich aber immer auf, dort zu bleiben, solange Johann es wünschte. Täglich erhielt er Nachricht von mir. In einem Brief vom 5. Februar schrieb Vater: „Mein Herz blutet mir beim Lesen Deines gestrigen Briefes; ich ging einige Male im Zimmer auf und ab. – Wie mag es noch gehen? Bleibe dort, solange Du Erleichterung und Trost bieten kannst, den Johann schon Deine Gegenwart gewährt!" – Als ich mich selbst aber elend fühlte und es Vater mitteilte, da schrieb er mir sogleich: „Ja, wenn das ist, dann ist es besser, daß Du in Dein ruhiges Haus zurückkehrst!"* (23. Brief, S. 360f)

Im Frühjahr verschlechtert sich Johanns Zustand so, dass ein Aufenthalt nach Montreux in der Schweiz geplant wird, die Eltern kommen für die Reisekosten auf, was dem Sohn sehr unangenehm ist.

Antje schreibt von einem Brief Ysaacs an den Sohn: *„Auch im Hinblick auf Deine Geschwister, mein Junge, kannst Du diese Hülfe von mir ohne Bedenken genießen. Ich habe mein Vermögen durch angestrengte Arbeit und Sorgfalt selbst verdient, kann deshalb auch moralisch ruhig darüber verfügen, und wenn ich dabei nicht aus dem Auge verliere, daß mir Gott die günstigsten Umstän-*

*de dazu gegeben, und daß derselbe gütige Gott mir neun Kinder anvertraut hat, die mir alle gleich nahe sind, und denen ich gleich nahe stehe, daß ich deshalb verpflichtet bin, sie alle an meinen Glücksgütern gleichmäßig teilnehmen zu lassen, so ist damit doch völlig übereinstimmend, wenn ich dem Einen, besonders wo gleichfalls höhere Fügung das Bedürfnis verhängt, außerordentlich unter die Arme greife, wenn Umstände obwalten, unter welchen ich es bei den Anderen ebenso gemacht habe oder machen werde."* (23. Brief, S. 363)

Doch die Nachrichten aus Montreux sind schlecht, die Geschwister Anny und Bernhard reisen auf Wunsch der Eltern in die Schweiz. Während des Essens meldet ein Telegramm: *„Johann abnehmend; nur noch einige Tage!"* (23. Brief, S. 366) Ysaac geht allein mit der Nachricht hinaus, Antje folgt ihm rasch. Zuvor berichtet Antje von einem Brief Ysaacs an Theda (6. Mai): *„Guter Gott! Welch Trübsal! Mutter ist ziemlich niedergeworfen und kommt nicht zum Schreiben. Nun tut sie es doch noch. – Wenn der Himmel Johann zu sich nimmt, dann wolle er ihn segnen zum seligen Entschlafen und seinen besseren Teil aufnehmen in seinem Schoß. Der andere Teil des lieben Sohnes soll auch nicht dort in fremder, sondern hier in dem Schoße der heimischen Erde bewahrt werden. Ich Alter werde noch meinen einst so blühenden Sohn zu Grabe tragen müssen!"* (23. Brief, S. 365) Fast täglich gehen Briefe hin und her. *„Mutter wollte unter ihrem Drucke erst nicht schreiben, hat jedoch auf meine Vorstellungen, daß sie sich dadurch Luft mache, es doch übernommen. Nun sagt sie, es gehe doch nicht; [...]."* (23. Brief, S. 366) Doch aller Kampf ist vergeblich, Johann stirbt am 7. Juni 1873.

*Am 12. Juni, abends sechs Uhr, traf die Leiche unseres lieben Sohnes hier ein. Sein Vater besorgte alles, was die Bestattung mit sich brachte; was wir aber empfanden, als der Sarg in unser Haus getragen ward, darüber will ich schweigen. Aber das will ich sagen,*

*daß er uns niemals Kummer gemacht hat, daß er ein edler Mensch gewesen ist. – Das war und blieb unser Trost!* (23. Brief, S. 368)
*Wie in der Natur trübe und heitere Tage wechseln, wie bald nach einem verheerenden Sturm wieder Himmel blaut, so geht es auch im Menschenleben. Der Verlust unseres lieben Sohnes hatte uns eine tiefe Wunde geschlagen und seine Witwe und ihre drei Kinder waren unversorgt zurückgeblieben; aber durch Gottes Segen waren unsere Mittel ausreichend, um für sie sorgen zu können und in welcher Weise Euer Vater dies tat, das brauche ich hier wohl nicht zu erwähnen.* (24. Brief, S. 369)

Antje schreibt. Im selben Jahr erscheint ihr Buch „Laienevangelium", ein kleines Buch, hundertsiebzehn Seiten lang. Aber schon auf den ersten Seiten findet sich ein Gedanke, der das Ergebnis vieler Stunden des Studierens sein muss: *Wo eine neue Bewegung zwei Strömungen aus verschiedenen Richtungen in sich vereinigt und aufnimmt, da müssen beide nach diesem Punkte sich hinzuwenden die Neigung und die Befähigung in sich tragen* [sic!]. *Von diesem Gesichtspunkte aus ist sowohl die griechische wie die jüdische Religionsgeschichte eines Vorgeschichte des Christenthums.* Und am Ende ein Satz, der mehr sagt als die schweigende Antje beim Anblick des Sarges ihres Sohnes: *Dann wird erfüllet die Bitte: Dein Wille geschehe auf Erden.* (Antje Brons, Laienevangelium, S. 9 und 117)

*Diese Studien waren sowohl für mich als auch für Euren Vater ein wirksames Mittel, das Gleichgewicht der Seele zu erhalten, wenn die Verhältnisse sowohl außerhalb als innerhalb oft auf uns eindrangen, daß es zu wanken begann. Wir würden jedoch auch nicht zum Ziel gekommen sein, wenn wir uns nur mit zerstreuender Lektüre befaßt hätten, statt mit solcher, die uns hinaus hob über die unruhigen Wogen der Zeit. Niemals jedoch glaubten wir, klagen zu dürfen, wenn uns Leid überfiel, sondern handeln zu müssen, um es zu überwinden, wenn es in unserer Macht stand und wenn nicht, es in Demut zu ertragen.* (23. Brief, S. 357)

Dieser Wille geht noch weiter. Nur eineinhalb Jahre später stirbt Johanns Tochter Martha noch nicht sechsjährig in den Armen ihrer Mutter an Diphterie: *Dieses Kind schien am meisten durch den Tod seines Vaters gelitten zu haben, indem ihm dieser im vollen Maße zum Bewußtsein gekommen war* [...]. *Einige Stunden vor ihrem Hinscheiden hatte sie gesagt, sie wolle ein weißes Kleid anhaben, wenn sie gestorben sei, „dann schlafe ich ein und wache auf, wenn ich Papa im Himmel gefunden habe!"* (24. Brief, S. 369f) Ein Gedanke, den Antje aus ihren eigenen Kindertagen nur zu gut verstehen kann.

Ruhestand. Ysaac legt auch sein letztes Amt nieder, mehr als fünfzig Jahre hat er wie sein Großvater in der reformierten Kirche in Leer im Kirchenrat die Geschicke der Gemeinde bestimmt. Jetzt überträgt er diese Verantwortung auf seinen ältesten Sohn. Während seines langen Wirkens hat Ysaac auch sein kaufmännisches Können eingebracht. So erlebt unter seiner Führung die Gemeinde den Wechsel zu einer eigenen Finanzierung der Predigerstelle, die bis dahin nahezu unentgeltlich und über einen kleinen Fond der Glaubensbrüder in Amsterdam ermöglicht wurde. Dies in Zeiten, als man glaubte, dass dieses Amt *ohne Entgelt aus Liebe und innerer Berufung* (24. Brief, S. 371) ausgeübt werden müsse. Jetzt sind auch die Gemeindeglieder gefordert. Ysaac übergibt eine Gemeinde, die sowohl über einen angestellten Prediger, eine renovierte Kirche nebst eigener Predigerwohnung sowie ein ansehnliches Vermögen verfügt. So wie Ysaac sich vor Ort gekümmert hat, sieht Antje die Gesamtheit. Sie ist es, die in diesen Jahren die Wiederbelebung des deutschen Mennonitentums mitgetragen und gestaltet hat. Die Wogen der Zeit sind auch hier nicht spurlos vorübergegangen. Bis 1848 waren die Mennoniten versprengt in viele Gemeinden, oft hunderte von Kilometern entfernt und überwiegend unbekannt. Kirche und Regierungen sahen auf sie herab; Ysaac selbst hat dies schmerzhaft 1836 mit der Ablehnung seiner Wahl in die 2. Hannoversche Kammer erlebt. Man schien sich damit abgefunden zu haben, wenn nur diese Menschen ungestört blieben. Doch mit ihrer Abgeschlossenheit, den bröckelnden Gemeinden und dem fast ängstlichen Hängen am Überlieferten liefen sie zunehmend Gefahr, ihre eigene, historische Aufgabe nicht nach außen zu leben und zu erkennen. Mit dem Gedanken des freien Bürgers in einer lebendigen Gesellschaft kam auch für die Mennoniten der Umschwung, neue technische Errungenschaften im Verkehr führten zur besseren Verbindung der Gemeinden, mit der Gründung der „Mennonitischen Blätter" 1854 gelang eine schriftliche Verknüpfung. Hier meldet sich Antje fortan als eifrige Schreiberin zu Wort. Dieses neue Erkennen der Mennoniten führt zu einer starken Belebung, die 1886 mit der Gründung der „Vereinigung der Deutschen Mennonitengemeinden" einen wichtigen Standpfeiler erhält. Noch sind hierin nicht alle Gemeinden vertreten, aber gegenüber dem Staat sowie anderen Kirchen gibt es jetzt eine Vertretung, die das Gemeinschaftsgefühl zunehmend stärkt. Antje begleitet diese Entwicklung und fördert sie, wo sie nur kann. Im Hause Brons herrscht die Erkenntnis, dass die Gemeinde in Emden als älteste in Deutschland mit so reicher Vergangenheit und ihrem Schatz an Gütern eine wichtige Aufgabe zu leisten hat. Darüber hinaus gehen von Osten nach Westen, von Kanada bis Russland Antjes Briefe und oft auch Hilfe. Der Umfang ihrer Korrespondenz ist imposant, sie nimmt Anteil an allem und wird zu allem hinzugezogen. Dies leistet sie auch über mennonitische Grenzen hinweg, wenn sie nur einen gesunden, lebendigen Menschen erreichen kann, der nach oben strebt, bemüht um das Leben, den sittlichen Ernst und die geistige Kraft.

Ysaac hat eine neue Aufgabe gefunden, er bereitet die Geschicke für die Familie vor: [...] *nun fühlte er sich bei dem Herannahen unseres Endes gedrungen, unser Testament zu machen. Das Nachdenken darüber sowie das vorläufige Niederschreiben seiner Gedanken füllte nun seine Vormittagszeit aus, und da er alles, was er tat, reiflich im Geiste erwog und dann so gründlich zu Werke ging, daß er oft das richtige Maß überschritt, so erforderte, wie alles, auch die Abfassung des Testaments viel Zeit. Sobald er einen Paragraphen beendet und niedergeschrieben hatte, rief er mich herbei, las ihn mir vor und befragte mich nach meiner Meinung. In den meisten Fällen stimmte ich zu, mehr aus vollem Vertrauen, als daß ich selbst vollkommenes Verständnis von der Sache gehabt hätte. Als Euer Vater mir den letzten Paragraphen vorlas, da konnte ich meine Bewegung nicht unterdrücken und brach in Tränen aus, weil das Gefühl mich überwältigte, daß dies der Schlußstein unseres Hauses sei. Euer Vater suchte mich zu beruhigen und legte meinen Kopf mit tröstenden Worten an seine Brust.* [...] *Im Jahre 1874 war das Testament entworfen worden und am 2. Oktober 1875 wurde es von uns beiden unterschrieben. Am Schlusse desselben heißt es: „Wie wir jedoch mit gleicher, warmer Liebe und Fürsorge für alle unsere Kinder und Enkel in ernstester Bestrebung für ihren allseitigen Vorteil diese Verfügung getroffen haben, so vertrauen wir, daß sie diese darin erkennen und dieselbe willig anerkennen und befolgen werden, sowie, daß das geschwisterliche Verhältnis, welches bis jetzt in so erfreulicher Weise unter ihnen herrscht, auch bei der Erbteilung in Liebe und Anhänglichkeit unverändert unter ihnen bewahrt bleiben möge und noch weit darüber hinaus.* [...]" (24. Brief, S. 373f)

Das Ehepaar genießt von nun an die Ruhe, die in das Haus einkehrt. Es macht sich ein *Feierabendgefühl* bei beiden bemerkbar, *fast jugendliche Stimmung zeigte sich gar oft* (24. Brief, S. 374), scheinbar ein schöne Zeit, die das Ehepaar jetzt gemeinsam verbringt: *Vormittags studierte er wie immer; nach Tisch hielt er seinen Mittagsschlaf; kam dann zum Tee zu mir herunter und las die Zeitung und die Geschäftsbriefe; obwohl er nicht mehr im Geschäfte tätig war, so machte es ihm doch Vergnügen, auf diese Weise mit demselben bekannt zu bleiben. Und wo es galt, wichtige Fragen zu entscheiden, da wurde sein Rat eingeholt und dieser gab oft genug den Ausschlag. Abends gegen neun Uhr ging er zum Club, ging einige Augenblicke in das Zimmer, wo die Herren am Spieltisch saßen oder sah dem Billard zu, das er früher mit großer Vorliebe gespielt hatte und wozu ihm nun die Kraft fehlte; dann verfügte er sich ins Lesezimmer, wo er sich größtenteils nur die Bilder in den Journalen ansah und kam zwischen zehn und elf Uhr nach Hause. Dann erst aß er zu Abend und meistens sehr stark; entweder kalten Braten, Beefsteak, vier Eier oder einen Eierkuchen. Auch mittags aß er ziemlich stark; dahingegen frühstückte er nicht, trank nur zwei Tassen starken Kaffee. Diese zwei Mahlzeiten aber,* [...] *erhielten ihn aufrecht; denn der furchtbare Altershusten sowie der damit verbundene kollossale Auswurf (nicht zu beschreiben), nahmen seine Kräfte entsprechend mit.* (24. Brief, S. 375) Nein, Ysaac klagt darüber nicht – dies ist nicht seine Art. Auch ein Fußleiden sowie heftige rheumatische Beschwerden werden ertragen, nur im äußersten Notfall nimmt er Hilfe an. *Mit der Außenwelt kamen wir wenig mehr in Berührung und so führten wir beide in unserem Hause und im Kreise unserer Kinder und Enkel ein glückliches, behagliches Leben im Scheine unserer Abendsonne.* (Ebd., S. 376) *Wenn Besuch kam, dann begrüßte er* [Ysaac, K. B.-A.] *diesen wohl, ließ sich aber weiter auf keine Unterhaltung mit ihm ein, und ließ sich nicht gern im Lesen stören.* (Ebd., S. 379) *Da wir seit längerem schon ein junges Mädchen bei uns hatten, das mir häusliche Beschäftigung abnahm, so konnte ich mich unbesorgt meiner Neigung zu geistiger Beschäftigung hingeben.* (Ebd., S. 376f)

Das Fest der Goldenen Hochzeit wird groß wie bereits das der Silbernen gefeiert, maßgeblich organisiert von der Tochter Martha, die kurz zuvor Witwe geworden ist. Ysaac hat Sorge, dass er dem ungewohnten Trubel nicht mehr gewachsen ist, aber *Freude und Dankgefühl* (24. Brief, S. 380) geben ihm wohl die Kraft. Die Kinder veranlassen schon am Morgen ein Ständchen durch das städtische Musikkorps. Darauf kommen die Vertreter der Stadt sowie zahlreiche Freunde und Bekannte zum Gratulieren, hunderte von Telegrammen und Briefen treffen ein. Mittags isst das Ehepaar allein und ruht sich danach aus. Am Abend versammelt sich die ganze Familie im Saal: Die Kinder mit ihren Ehepartnern, allein siebenundzwanzig Enkel gehören zu den Nachkommen, am Ende werden es fünfunddreißig sein. Im daneben befindlichen Raum stehen zwei von den Töchtern bestickte Lehnstühle, von wo aus das Jubelpaar dem Treiben im Saal zusehen kann: *Unaussprechlich ist es, was unsere Brust bewegte; die hellen Tränen liefen uns über die Wangen* [...]. (24. Brief, S. 381) Das Paar wird in den Saal geführt, wo der Prediger eine Hochzeitsrede hält: [...] *als diese zu Ende war, da wurde Euer Vater so von seinen Gefühlen überwältigt, daß er mich wie mit Gewalt in seine Arme schloß, als sei es für die Ewigkeit!!* (Ebd.) [...] *nach 50jähriger Verbindung waren wir inniger verbunden als zu Anfang. Wenn wir in äußerlichen Dingen auch gar oft verschiedener Meinung waren, so waren wir in tieferen, entscheidenden Fragen und Gesinnungen immer eins gewesen und dadurch verschwanden alle Mißhelligkeiten, die durch jene hervorgerufen worden waren. Dieses völlige, innere Zusammengehörigkeitsgefühl hatte die schwersten Prüfungen, die gar oft zu innerer Trennung führen, bei uns siegreich überdauert!* (24. Brief, S. 379f)

Fast jugendliche Schaffenskraft verspüren beide nach diesem Ereignis. Ysaac sucht voller Energie Familiennachrichten vergangener Zeiten zusammen, Antje schreibt.

Von Frauenhand. 1884 erscheint ihr Buch „Ursprung, Entwicklung und Schicksale der altevangelischen Taufgesinnten oder Mennoniten", ein großes, geschichtliches Werk über vierhundertvierundvierzig Seiten. Es ist Ysaac zum Geburtstag gewidmet: *Mit sichtbarem Wohlgefallen nahm er es entgegen und ließ es sich später, da er seiner beinahe erblindeten Augen wegen es selbst nicht mehr konnte, vorlesen und ich hatte die Genugtuung, daß er auch nicht einen Tadel darüber aussprach, welches bei seinem kritischen Kopfe viel sagen will und daß es ihn sichtlich erfreut hatte, als andere sich anerkennend über meine Arbeit ihm gegenüber ausgesprochen hatten, was er mir mitteilte.* (15. Brief, S. 233) Antje selbst bezeichnet das Werk im Vorwort als *die Frucht der Mussestunden* [sic!] *einer Großmutter.* Aber es ist weit mehr und heute noch in Fachkreisen erwähnt als erste deutschsprachige Gesamtdarstellung der Geschichte der Mennoniten. Antjes Antwort auf die Zurücksetzungen dieser Minderheit, die sie wie auch Ysaac in ihrem Leben erfahren haben. Ihr selbst geht es dabei gar nicht darum, wissenschaftliche Anerkennung zu ernten, vielmehr wendet sie sich an ihre Glaubensgenossen, deren mangelndes Geschichtsbewusstsein sie beklagt und deren Selbstbewusstsein und Stolz auf die eigene Geschichte sie wecken möchte. Unterstützt wird sie bei dieser Arbeit durch zwei mennonitische Prediger und ihren ältesten Sohn Bernhard. Aber dies schmälert nicht ihre Leistung, die das Ergebnis jahrelanger Mühen und Arbeit ist, für sie selbst *Stunden hohen Genusses und reichhaltiger Beschäftigung.*

*Fünf Jahre und reichlich vier Monate* (24. Brief, S. 383) – das ist die Zeit, die Ysaac und Antje nach der Goldenen Hochzeit gemeinsam geschenkt wird, aber zunehmend wird der geliebte Mann schwächer, wenn auch nicht der Geist: *Das Gehen wurde ihm schwer, sodaß er kaum mehr nach dem Garten gehen konnte. Er verschrieb sich deshalb einen Fahrstuhl, den er fast täglich gebrauchte. Seine Augen wurden schwach und deshalb war's auch mit dem Lesen fast ganz vorbei; er saß oft vormittags still auf seiner Stube, seinen Gedanken nachhängend und wünschte auch nicht, daß ihm vorgelesen werde. Abends saß er neben mir in der Vorderstube auf einem gewöhnlichen Stuhl wie immer, seine Pfeife beim Tee rauchend, las auch wohl mit Mühe die Zeitung und die Geschäftsbriefe, unterhielt sich mit seinen Söhnen darüber, denen seine langen Erfahrungen und sein reiches Urteil zu Gute kamen.* [...] *Seitdem aber sanken seine Kräfte immer mehr und ein Glück war es, daß ich noch im Stande war, ihm bei einem Übel helfen zu können, was sonst niemand tun konnte. Im Herbst 1885 aber wurde er immer schwächer, sodaß er nicht mehr nach unten gehen konnte und von einem Bett aufs andere getragen werden mußte. Wie schmerzlich dies einem früher so tatkräftigen Manne sein mußte, das kann man sich denken; aber niemals ist eine Klage über seine Lippen gekommen, nie zeigte sich bei ihm eine unzufriedene Stimmung, sondern immer nur Dank für jede Hülfeleistung. Ich saß vom Morgen bis zum Abend bei ihm* [...]. *Im März 1886, es war der 12. Tag, abends sieben Uhr, da ging er sanft hinüber!!* (24. Brief, S. 383f)

Ysaac ist tot, Antje mit fast fünfundsiebzig Jahren seine Witwe. Wie trägt sie dies? Sie fühlt sich gestärkt in dem Gedanken, dass sie ihm bald folgen wird, ja vielleicht sogar will? Ein wenig spürt man eine Todessehnsucht, wie wir sie aus ihren Jugendjahren kennen. Wieder hat sie ein geliebter Mensch verlassen, aber wieder findet sie ihr Mittel, um im Gleichgewicht und Leben zu bleiben. Sie schreibt. Auf den Tag genau zwei Monate später beginnt sie den ersten von vierundzwanzig Briefen an ihren Sohn Claas: *Da es jetzt meine einzige und liebste Beschäftigung ist, in Eures heimgegangenen Vaters nachgelassenen Briefen und sonstigen Papieren mich zu orientieren und die Erinnerung an vergangene Zeiten wieder aufzufrischen, so will ich Dir einige Mitteilungen darüber machen, weil ich hoffe, daß es Dich, sowie Euch alle interessieren wird.* (1. Brief, S. 1) Bis September füllt sie zweihundertzwanzig Seiten, danach werden die Zeitabstände größer, im Jahre 1888 schreibt sie nicht einen Brief, erst im Februar 1889 beginnt sie den einundzwanzigsten. Danach wieder fast ein Jahr Pause, [...] *weil sich mein linkes Auge plötzlich so verdunkelte, daß ich sofort in Begleitung von Martha und Gesine nach Bremen reiste, um einen Augenarzt zu konsultieren. Dieser riet mir vorerst die größte Schonung an. Da das Übel sich indessen nicht verschlimmert hat, so will ich meine Arbeit jetzt wieder fortsetzen, solange es geht* [...]. (22. Brief, S. 348) Es hat sich nicht verschlimmert, aber besser ist es demnach auch nicht. Antje, die den Raubbau ihres Mannes mit der Sehkraft kritisiert hat, sie selbst macht jetzt nicht davor halt, ihre Kraft und ihr Leben sind noch nicht zu Ende. Am 13. November 1890 schreibt sie: *Gestern vor 60 Jahren war unser Hochzeitstag. In diesen Tagen oft, und gestern fast den ganzen Tag ließ ich unsere lange, lange Ehezeit an meinem Geiste vorüberziehen. Der Anfang war gut und das Ende war auch gut. Was dazwischen liegt, gleicht, wie ich es von Anfang an vorausschaute, einer Landschaft, bald von der Sonne beschienen, in deren Licht alles grünt und blüht, und bald überwölbt von grauem Himmel oder gar von dräuenden Wolken, aus denen erquickender Regen oder auch Hagelwetter und Sturm hervorbrechen wird. Was wir beide uns beim Anfange gelobt haben, uns einander halten zu wollen, es möge kommen, was da wolle und solle, wir haben es gehalten und Gott hat unser Tun gesegnet über Bitten und Erwarten! Ysaac ist heimgegangen und ich werde ihm bald folgen! Unsere Kinder überschütten mich mit Liebe und Güte. Mein Herz fließt über von Dank! Gott wird es ihnen vergelten! Gestern, als ich voll Wehmut meines lieben, heimgegangenen Mannes gedachte, brachte mir meine Martha einen Strauß von seinem Grabe, Rosen und herbstlich gefärbte Blätter; ich war tief gerührt.* (Antje Brons in: B. Brons, Lebensbild, S. 30)

Die Liebe ist ihr eingepflanzt. Jung ist sie nicht mehr, nein. Ihre Rolle als Ehefrau und Gefährtin ist ihr genommen, geblieben ist die Familie und mit ihr die Aufgaben als Mutter und Großmutter, wobei die Kinder inzwischen selbst ins höhere Alter gekommen sind. Auch ohne Ysaac verkörpert sie den Mittelpunkt der zahlreichen Nachkommen. Ein Urenkel, Willy van Delden, erzählt von seiner Begegnung 1889 als Achtjähriger mit ihr, die großen Eindruck bei ihm hinterlassen hat: „Im Wohnzimmer des stattlichen Hauses Am Alten Markt stellte er [der Vater, K. B.-A.] den Jungen der Urgroßmutter, die auf dem Sofa saß, vor, er stellte ihn buchstäblich vor sie hin, so daß die beiden sich Aug' in Auge gegenüber befanden. Das Kind staunte: Diese kleine, alte Frau mit dem weißen Rüschenhäubchen – das war die große, die berühmte Mennonitin, die Schriftstellerin, von der ihm der Vater unterwegs erzählt hatte? Antje Brons sprach nur wenig mit dem befangenen Jungen, wobei sie ihn freundlich ansah und seine Hände in der ihren behielt. Dann schickte sie ihn nach nebenan in den ‚Saal', dort könne er spielen. Im Saal stand der riesige, geschmückte Weihnachtsbaum, und um ihn herum war in weitem Bogen der ‚Christgarten' aufgebaut. Da gab es auf Torf- und Moorgrund viele bewegliche Figürchen: buntgekleidete Männer, Frauen und Kinder, eine Schafherde mit ihrem Hirten, Enten auf einem Teich, Tiere im Walde, Berge und Täler. Auf der steinernen Straße sah man Kutschwagen – fuhren sie zur Krippe?" (J. Hildebrandt, „Urmutter Antje")

Dem Kind bleibt die Erinnerung an ein Zimmer voller Wunder – Antjes Welt.

Die eigenen Kinder finden Worte für ihre Mutter, die Martha als älteste Tochter anlässlich des achtzigsten Geburtstages in einem Lied vorträgt: „ein zerbrechliches Gut, ein Schatz im irdenen Gefäß, eine Flamme, die erwärmt und glüht, eine Blume, die blüht und grünt". Dies ist ihr „heißgeliebtes Mütterlein." (B. Brons, Lebensbild, S. 30f) Antje selbst zu ihrem achtzigsten Geburtstag einen Tag zuvor: *Morgen sind 80 Jahre meines Lebens voll! Kinder u. Enkel, so viele ihrer können und sonstige Verwandte kommen bei mir zusammen zur Feier. Damit alles geordnet werde zu ihrem Empfange, habe ich meinen Kopf zu den Vorbereitungen des Festes beinahe völlig nötig und nicht Zeit und Muße zur Betrachtung. Alles will sein Recht haben.* Am 24. November: *Das war ein herrlicher Tag gestern! Obwohl ich die Nacht vorher kaum zwei Stunden geschlafen hatte, war ich den ganzen Tag wie verjüngt. Alle meine hier versammelten Kinder und Enkel waren mit mir zur Kirche. Ich hatte etwas Herzklopfen und fürchtete, daß ich in der Kirche unwohl werden könnte. Die Predigt unseres Pastores Müller indessen wirkte erhebend und beruhigend auf mich, so daß kein körperliches Befinden meine Andacht störte.* (B. Brons, Skript Lebensbild, S. 7)

Antje schreibt. Kaum ist das eine Werk vollendet, wendet sie sich schon wieder dem nächsten zu, eine große Arbeit: „Skizzen und Bilder aus Palästina", von Frauenhand. Antje in ihrem Vorwort im November 1894: *Schon im Jahre 1887 hatte ich diese dreiteilige Arbeit nach vieljährigem Lesen in der Bibel zum größten Teil vollendet. Seitdem habe ich noch manches hinzugefügt und sie dann in meinem Schreibtische niedergelegt. Es war nicht meine Absicht, sie bei Lebzeiten dem Drucke zu übergeben; aber in dieser Zeit der religiösen Bewegung habe ich mich bewogen gefühlt, meine Auffassung der Heilsgeschichte hauptsächlich für meine Angehörigen durch den Drucke vervielfältigen zu lassen.* (Skizzen und Bilder aus Palästina, S. 4) Bei der Korrektur hilft nun schon der siebzehnjährige Enkel Wilhelm Ysaac Brons. Am Schluss dieses Buches finden sich Sätze, die Antjes klaren Blick im Leben und Wirken verdeutlichen: *Ist es nicht die christliche Gemeinde, aus deren Schoß gerade in diesem Jahrhundert so viele segensreiche Anstalten hervorgegangen sind? Z. B. äußere und innere Mission, die Bibelgesellschaft, die Frauenvereine für Armen- und Krankenpflege, Mäßigkeitsvereine, Vereine für entlassene Sträflinge und verwahrloste Kinder, und ganz besonders die Diakonissenvereine und die Frauenfrage, und so viele andere? Haben nicht die Religionsverfolgungen aufgehört, und hat nicht die Duldung zugenommen? Das sind nicht die Früchte der Landeskirchen und Konfessionen, sondern ein Ergebnis aller Regungen in einem Geiste des Glaubens, der in der Liebe thätig ist. Bei solchem gemeinsamen Streben aus wahrhaft christlichem Geiste können die verschiedenen Religionsgemeinschaften, deren jede ihre besondere Aufgabe in der Christenheit hat, in Frieden und gegenseitiger Achtung nebeneinander bestehen* [...] *wohl aber darf jede ihre Bedeutung und die Treue in der Nachfolge Christi in ihrer Art wahren* [...]. *Alle zusammen haben ein gemeinsames Ziel, das ist, nach Vervollkommnung zu streben* [...] (Skizzen und Bilder aus Palästina, S. 443) – ein Satz, dem wir schon in Antjes Tagebuch aus Jugendzeiten begegnet sind.

Während sie noch an dem einen Werk arbeitet, entsteht bereits das nächste, fast rastlos scheint sie in diesen Jahren zu schreiben. Anlässlich des fünfundzwanzigjährigen Bestehens des Mennonitischen Erziehungs- und Bildungsvereins erscheint 1892 ein dreißigseitiges Büchlein „Gedanken und

Winke über die Frage, wie wir das Wohl unserer Kinder fördern können“. Antje ist zu diesem Zeitpunkt das einzige weibliche Mitglied des Vereins und wird um eine Festgabe zum Jubiläum gebeten (M. Kobelt-Groch, Neue Wege oder alte Bahnen?, S. 1). Die hier festgehaltenen Gedanken lassen einen noch heute staunen, wie umfassend, klar und der Zeit vorausschauend sie grundlegende Erziehungsfragen beschreibt. Der Satz *Jeder einzelne Mensch kann zu einem selbständigen Individuum entwickelt werden* hat an Aktualität nichts eingebüßt. Drei Antworten hat Antje auf die Frage, wie *der Mensch zur Selbständigkeit*, zu dem ihm bestimmten eigenen Leben entwickelt werden kann: *Durch die Natur in ihm und um ihn, durch die Verhältnisse, in die er durch seine Geburt hineingesetzt wird, durch die Einwirkung der Menschen, unter denen er aufwächst.* (Antje Brons, Gedanken und Winke, S. 1) Von dem *ernsten, verantwortlichen Beruf der Mutter* spricht sie, von der *Bildung einer gerechten Seele* durch geistige Nahrung, von der *Entstehung der Vernunft* und damit des Geistes, die den *Menschen in Freiheit* stehen lässt, und von *der Liebe, die alles hofft und nicht aufhört.* (Antje Brons, Gedanken und Winke, S. 41f) „Alle Bemühungen um Kinder und Heranwachsende müssen jedoch scheitern, wenn sie nicht *in dem Geiste des Erziehers der ganzen Menschheit und jedes Einzelnen, in dem Geiste des Heilandes, in der Persönlichkeit Jesu Christi wurzeln.*“ (M. Kobelt-Groch, Neue Wege oder alte Bahnen?, S. 3) In diesem Punkt ist sie unerbittlich.

Geistig und körperlich frisch, abgesehen von einer Beeinträchtigung des Gehens, lebt nun Antje ihre letzten Jahre. Sie tut dies in dem Bewusstsein und Trost, dass ihr Gott sie heimrufen möge, wenn er wolle. Sie führt den Haushalt wie eh und je in ihrer praktischen, selbst zugreifenden Weise und nimmt weiter Anteil in ihrer lebhaften Art. Ihr Hauptinteresse aber gilt weiter dem religiösen Geistesleben und der Bibel und allen Forschungen darüber. Der Geist des christlichen Humanismus – er erfüllt sie bis an ihr Ende.

Bernhard Brons beschreibt in seinem handschriftlichen Skript zu seinem Buch „Lebensbild" die letzten Stunden seiner Mutter auf einfühlsame Weise: „Antje Brons war bis zu ihrer letzten Lebensstunde im vollen Besitze ihres Sinnes und ihres Geistes, frisch, und in festem, selbständigem, frommem Glauben fröhlich. Nur ihre Beine versagten ihr in den letzten Jahren den Dienst, sodaß sie sich eines Fahrstuhles bedienen mußte. Ihr Ende kam nach kurzer, nur einige Tage dauernder Krankheit oder eigentlich Unwohlseins, das der Arzt noch eine Stunde vor ihrem Tode für überwunden hielt, plötzlich und so sanft, daß ihre zufällig anwesenden Kinder nicht im stande waren zu sehen, wann eigentlich der Geist den Körper verließ. Sie hatte noch an demselben Morgen, als sie um 12 3/4 etwa verschied, mit der Magd über das Mittagessen der Mädchen gesprochen und scherzend gefragt, ob sie auch wohl genug bekämen? Sie ist sanft eingeschlummert ohne sich zu regen und ohne auch nur einen Muskel des Gesichtes zu bewegen. Gesprochen hat sie kein Wort, nur hat sie noch einmal die Augen weit geöffnet und nach oben geblickt, dann sie wieder geschlossen und ist von dannen gegangen."

Die gekürzte, gedruckte Fassung: „So nahte der [1]3. April 1902 heran, der Tag, an dem ihr Mann, unser Vater, Ysaac vor 100 Jahren geboren wurde. Schon lange hatte sie davon gesprochen, daß an diesem Tage etwas besonderes geschehen müßte, sie dachte wohl an Familienfeier geeigneter Art. Da brach ihr eine Ader in der Niere, diese Nierenblutung führte Fieber herbei und ohne eigentlich krank gewesen zu sein, schlummerte sie am 2. April 1902 so friedlich ein, daß es den zufällig Anwesenden nicht möglich war, festzustellen, wann eigentlich das Ende eingetreten sei. Unsere Schwester Martha aber, die ihr den letzten Dienst mit erwiesen hatte, flüsterte uns in ihrer Trauer bewundernd zu: ‚ihre Glieder sind so frisch wie die eines jungen Mädchens'!" (B. Brons, Lebensbild, S. 32)

Antje Brons schreibt die letzten Zeilen ihres vierundzwanzigsten Briefes voller Erinnerungen. Acht Jahre sind vergangen, seit sie von den Gefühlen überwältigt die Feder beiseitegelegt hatte. Erst jetzt, am 25. Oktober 1898, findet sie die Kraft, dem gemeinsamen Leben mit Ysaac den noch fehlenden Schluss hinzuzufügen. Nur wenige Sätze braucht sie, um den Tod des geliebten Mannes zu schildern. Die Zeit hat ihre Wirkung getan, und doch lässt die gewählte Kürze die Größe des Schmerzes erahnen. Mehr Worte wären auch jetzt noch zu viel. Hier endet nun ihr eigentliches Leben – mit dem Tod des Mannes. Natürlich könnte sie noch berichten über die Jahre, die ihr geblieben sind im Kreis der zahlreichen Nachkommen: fünfunddreißig Enkelkinder, neunundsechzig Urenkel! Sie tut es nicht. Ihre letzten Worte: *Nur das will ich noch sagen, daß das Schreiben dieser Briefe mir eine liebevolle Beschäftigung gewesen ist, die mir über den Schmerz des Verlustes hinweghalf!* [...] *Ich gehe aber nun bald heim und sehe mit Ruhe meinem Ende entgegen; denn ich habe den Glauben behalten, der sich mir in meinen Kindertagen einprägte* [...]. *Mein Leben habe ich immer nach den Vorschriften des Evangeliums einzurichten gesucht, welches, wenn man es recht versteht, eine Leuchte und ein Stab werden kann im Leben und im Sterben!!* (24. Brief, S. 384f)

Das weiße Blatt Papier – es ist bis heute leer.

Mein Blick wandert von dem weißen, marmornen Grabstein über die umliegende Stätte – Nachkommen und Geschwister von Antje und Ysaac Brons. Eine große Familie mit starkem Fundament, gebaut auf Liebe und dem festen Willen, in diesem Leben neben dem täglichen Dasein die Herausforderungen und Aufgaben des Lebens zu finden und zu erfüllen. Ein hoher Anspruch, der diesen beiden Menschen ein ständiges Streben und Mühen abverlangte. Aber sie sind belohnt worden – ihr eigenes, inniges Glück spricht Bände. Der Geist, ein Pfand des Lebens? Dieser Geist hat sie erfüllt und bestimmt, sie haben ihn wahrlich nicht nur erkannt, sondern genutzt und damit auf dieser Welt ihre Spuren hinterlassen.

Die Stimmen der Vergangenheit, sie schweigen jetzt. Es ist gut, dass sie gesprochen haben. Die eigentümliche Stille des Friedhofs umfängt mich nun wieder, es ist Zeit zu gehen. Behutsam schließe ich die Eisenpforte.

Danken möchte ich meiner Familie und Freunden, die sich in endlosen, langen Telefonaten und Gesprächen mit Antjes Leben zwangsläufig auseinandersetzen mussten und mir immer wieder Mut machten, meine Arbeit fortzusetzen. Ohne Mithilfe der Nachkommen von Antje Brons wäre dieses Buch nicht entstanden. Mein Dank gilt Dr. Claas Brons, der mich immer wieder mit neuen Originalschriften überraschte – immerhin herrscht hier nun wohl Ordnung – und Klaas-Dieter Voß, wissenschaftlicher Mitarbeiter der Johannes a Lasco Bibliothek in Emden, der mir mit der gemeinsamen Vorbereitung einer Ausstellung anlässlich des vierhundertfünfundsiebzigjährigen Jubiläums der Emder Mennonitengemeinde im Jahre 2006 den wesentlichen „Input" für diese Arbeit gegeben hat (ohne es vielleicht zu merken) und mich in der Folge auf seine Weise mit Rat und Tat begleitet hat. Mit den vorliegenden Zeilen erhebe ich nicht den Anspruch, dass alles gesagt worden ist. Aber es war mir ein Bedürfnis, dieser außergewöhnlichen Frau Raum zu geben – eben in meiner Zeit, mit meinen persönlichen Voraussetzungen und Fähigkeiten. Ich hoffe sehr, dass Antje Brons mit dem Ergebnis einverstanden ist und ich ihr mit meinen Worten gerecht geworden bin.

## Quellenverzeichnis / Bibliographien

**Antje Brons**: Aus dem Leben von Ysaac und Antje Brons. Niedergelegt in 24 Briefen an ihren Sohn Claas W. Brons, Hamburg. 1886 bis 1890 in Emden. Abschrift von W. Heinrich Brons, Emden 1950, in Privatbesitz.

**Antje Brons**: Gedanken und Winke über die Frage, wie wir das Wohl unserer Kinder fördern können. Kaiserslautern 1892.

**Antje Brons**: Laienevangelium. Emden / Aurich 1873.

**Antje Cremer ten Doornkaat Koolman**: Handschriftliche Tagebucheintragungen 1826 und 27, Norden, in Privatbesitz.

**Von Frauenhand** (Antje Brons): Skizzen und Bilder aus Palästina. Emden und Borkum 1895.

**Von Frauenhand** (Antje Brons): Ursprung, Entwicklung und Schicksale der Taufgesinnten oder Mennoniten. Norden 1884.

**Bernhard Brons**: Antje Brons, ein Lebensbild. Emden 1903.

**Hella Brons**: Nachfahren von Ysaac Brons und Antje Brons geb. Cremer ten Doornkaat. Emden 1974.

**W. Heinrich Brons**: Ysaac Brons, Sonderdruck aus: Niedersächsische Lebensbilder, Band 4. Hildesheim.

**Reinhard Bruhns, Stadtsparkasse** (Hrsg.): Emdens Seefahrt. Emden 1980.

**Walter Deters**: Kleine Geschichte Ostfrieslands. Leer 1985.

**Heinold Fast**: Die Vereinigung der Deutschen Mennonitengemeinden 1886-1961. Weierhof 1961.

**Michael Freund**: Deutsche Geschichte. München 1979.

**Hermine Heusler-Edenhuizen**: Die erste deutsche Frauenärztin. Opladen 1997.

**Julia Hildebrandt**: Brief 3.5.2003.

**Julia Hildebrandt**: Urmutter Antje, Vortrag Familientag 2003.

**Marion Kobelt-Groch**: Neue Wege oder alte Bahnen? „Gedanken und Winke". Zur Kindererziehung von Antje Brons (1892). In: Mennonitische Geschichtsblätter, 67. Jahrgang 2010.

**Dieter Kühn**: Clara Schumann, Klavier. Frankfurt 1998.

**Golo Mann**: Deutsche Geschichte des 19. und 20. Jahrhunderts. Frankfurt 2004.

**Ostfriesische Mennonitengemeinden der nordwestdeutschen Konferenz** (Hrsg.): Die Mennoniten in Ostfriesland. Emden 2006.

**Theda Schuh und Hans Friesland** (Hrsg.): Die Nachkommen von Jan ten Doornkaat Koolman und seiner zweiten Frau Jeikelina geb. Cool. Norden 1979.

**Martin Tielke, Ostfriesische Landschaft** (Hrsg.): Biographisches Lexikon für Ostfriesland. Aurich 2007.

**Veit Valentin**: Knaurs Deutsche Geschichte. Zürich 1960.

*Antjes Vater, Jan ten Doornkaat Koolman,*
*1773-1851,*
*Gründer der Brennerei „Doornkaat“ in Norden.*

Geb. Cremer ten Doornkaat
geb. am 23.11.1810
gest. am 02.04.1902 zu Emden
Mennonitin. Heirat mit Y. Brons
am 12.11.1830 in Emden

Gemälde von 1846

Antje Brons
1810-1902

Ysaak Brons
1802-1886

Gemälde nach einer
Fotograhie
von Paul Emil Gabel

**Ysaac Brons**

und

**A. Cremer ten Doornkaat,**

*Verlobte.*

Emden und Norden, im März 1830.

Juny 63 aus Fräulein van Olst Hinterlassen-
schaft.

*Das Wohnhaus der Familie Brons in Emden.*

*Der älteste Sohn Bernhard, 1831-1911.*

*Die älteste Tochter Martha, 1834-1902.*

*Der zweite Sohn Johann,*
*1836-1873.*

Der dritte Sohn Karl,
1838-1910.

*Die Schonerbrigg „Antje Brons“, die 1845 erstmals Auswanderer nach Amerika brachte.*

*Das Wohnhaus „Alter Markt 1“ von der Rückseite am Delft.*

*Pauskirchenparlament 1848*
*- rechts oben Ysaak Brons -*

*Ysaac mit 46 Jahren.*

*Der vierte Sohn Sicco Theodor,*
*1840-1929,*
*mit seiner Frau Gabriele Moeller.*

*Die zweite Tochter Anna Imina,*
*1842-1926.*

*Ein Beispiel von liebevoller Dekoration der Familienbilder aus dem Jahre 1863.*

*Antje im Jahre 1864.*

Ysaac Brons
Weihnachten 1862.

Antje Brons geb. Cremer ten Doornkaat
Weihnachten 1864

1865

Weihnachten 1865

*Ysaacs älterer Bruder Bernhard Brons, beide führten zusammen die Firma Y. & B. Brons.*

*Der fünfte Sohn Claas Wessel,*
*1845-1918,*
*an ihn richtet Antje ihre 24 Briefe.*

*Der sechste Sohn Heiko Albert,
1847-1930.*

*Der Saal im Hause Brons, hier wurde König Wilhelm von Preußen empfangen.*

*Der siebte Sohn Friedrich Lübbert, 1850-1924.*

*Antje mit der Brosche von Imina Bouman, der Mutter Ysaacs.*

LUDWIG KRUG
Photogr. Atelier
EMDEN
Westerbutvenne 3.

*Sohn Bernhard beim Wintervergnügen der Ostfriesen: dem Schöfeln (Eislaufen).*

*Antje am Arm ihrer Enkeltochter Marie van Delden.*

*Der zweite Sohn Johann in London 1861,*
*wo er eine kaufmännische Ausbildung machte.*

*Johann mit seiner Frau*
*Theda Krüger.*

*Karl mit seiner Frau Imina Plate.*

*Anna Imina (Anni) mit Ihrem Mann*
*Derk van Delden.*

*Heiko mit seiner Frau Chatherine Johanna de Beer.*

*Vor dem Gartenhaus 1889, stehend von links nach rechts: Karl Brons, Ernst Brons, Edzard Brons, Louis Jaspers, Wilhelm Brons, Bernhard Brons, Carl Brons, Elisabeth Brons, Friedrich Brons, Marie van Delden. Sitzend: Katharina Jaspers mit Martha, Anni van Delden, Martha van Delden mit Anni Brons, Friedrich Brons, Gesine Brons, Antje Brons mit Fritz van Delden, Heinrich Brons (mit Ball), Catharina Brons, Jan van Delden, Marie van Delden mit ?.*

*Antje*

*Die Vase mit dem Bildnis des Königs Wilhelm von Preußen, die Antje als Geschenk für ihre Gastfreundschaft erhalten hat.*

*Antje am Schreibtisch.*

tje Brons, geb. Doornkaat

Teehaus
1884

Ysaak & Antje auf der Veranda, unten stehend die Söhne Friedrich Lübbert (9) und Bernhard (1) sowie die Enkelkinder Fritz (93) und Carl (92)

Emden.
Photographie von Jean Baptiste Feilner, Hofphotograph, Emden.
Gesetzlich geschützt 1892.

Teehaus und "Brügske" am Sandpfad 12

*Das Garten- oder Teehaus, das Antje ein wichtiges Refugium war. Hier dürfte der Großteil ihrer Schriften entstanden sein.*

*Ysaac im hohen Alter.*

*Antje zu ihrem 90. Geburtstag.*

## Provinzielle Nachrichten.

*** Hannover, 17. März.**

○ (Ysaak Brons †.) Der in Emden im 84. Jahre verstorbene Commerzienrath Brons, zu Jever geboren, war Gründer und Theilhaber der in der Handelswelt sehr angesehenen Firma Y. u. B. Brons zu Emden. In seinem langen Leben ist er wiederholt auf politischem, wie auch communalem Gebiete thätig gewesen und hatte von den früheren hannoverschen Regierungen, weil er aus seinen preußischen Sympathien niemals Hehl machte, viele Zurücksetzungen erfahren. 1837 in Emden zum Bürgervorsteher erwählt, wurde die Wahl von der Regierung für ungiltig erklärt, weil Brons derzeit englischer Viceconsul war. 1845, ehe der Staat sich zum Bau der Westbahn entschloß, trat er in einer Schrift für dieses Project auf, beschaffte in Verbindung mit Geschäftsfreunden das zum Bau erforderliche Capital und suchte um Concession für die Gesellschaft nach. Diese wurde ihm von der Regierung abgeschlagen, obwohl er sich bereit erklärte, ein Viertel der Baukosten als Bürgschaft für die Ausführung des Planes zu hinterlegen. 1848 wurde Brons von dem Wahlkreise Emden in die Frankfurter Nationalversammlung gewählt, und gehörte in ihr, wie die meisten hannoverschen Abgeordneten, der erbkaiserlichen Partei an. Er unterzeichnete gleichfalls den Aufruf der hannoverschen Deputirten vom 1. Mai 1849, für die Durchführung der Frankfurter Reichsverfassung einzutreten. In der Paulskirche nahm er an den Berathungen des volkswirthschaftlichen und des Marine-Ausschusses lebhaften und hervorragenden Antheil, ging auch als Commissär des Reichsministeriums nach Hamburg, um die Schiffe der deutschen Flotte zu übernehmen. Im Juni 1849 nahm er an der von Heinrich von Gagern berufenen Versammlung von Mitgliedern der Nationalversammlung in Gotha Theil, die nach dem Scheitern der Durchführung der Frankfurter Reichsverfassung für das Dreikönigsbündniß eintraten. 1852 und 1854—1855 bis zu dem Verfassungsbruch war er einer der 10 Abgeordneten der damaligen Ersten Kammer, die für Handel und Gewerbe gewählt wurden. 1857 von der Stadt Emden zum Mitgliede der Zweiten Kammer gewählt, wurde die Wahl von dem Ministerium Borries beanstandet, weil Brons Mennonit sei. Die liberale Minorität der Zweiten Kammer bekämpfte diesen Ausschließungsgrund erfolglos; ihr Redner war R. v. Bennigsen, der in dieser Session seine parlamentarische Thätigkeit begann. Die Majorität der Zweiten und die Erste Kammer billigten das Vorgehen der Regierung. 1861 von der Stadt Emden zum bürgerlichen Senator gewählt, wurde ihm die Be[...]gung verweigert, „weil er sich bei Schritten und Bestrebungen betheiligt, welche sowohl gegen die Rechte des Königs, als gegen die Selbständigkeit des Königreichs gerichtet seien". Brons war nämlich dem Nationalverein beigetreten. Bei den ersten Wahlen zum Reichstag des Norddeutschen Bundes im Februar 1867 war Brons im Wahlkreise Emden aufgestellt. Die erste Wahl ergab kein definitives Resultat, sondern machte eine engere Wahl zwischen Brons und dem jetzigen Geh. Justizrath von Ihering nothwendig. In dieser siegte Brons mit geringer Majorität. Im Reichstag schloß er sich der national-liberalen Partei an, lehnte dann aber eine Wiederwahl ab.

*Zwei Nachrufe auf Ysaac von 1886.*

## Provinzielle Nachrichten.

*** Hannover, 17. März.** 1886

○ (Ysaak Brons †.) Der in Emden im 84. Jahre verstorbene Commerzienrath Brons, zu Jever geboren, war Gründer und Theilhaber der in der Handelswelt sehr angesehenen Firma Y. u. B. Brons zu Emden. In seinem langen Leben ist er wiederholt auf politischem, wie auch communalem Gebiete thätig gewesen und hatte von den früheren hannoverschen Regierungen, weil er aus seinen preußischen Sympathien niemals Hehl machte, viele Zurücksetzungen erfahren. 1837 in Emden zum Bürgervorsteher erwählt, wurde die Wahl von der Regierung für ungiltig erklärt, weil Brons derzeit englischer Viceconsul war. 1845, ehe der Staat sich zum Bau der Westbahn entschloß, trat er in einer Schrift für dieses Project auf, beschaffte in Verbindung mit Geschäftsfreunden das zum Bau erforderliche Capital und suchte um Concession für die Gesellschaft nach. Diese wurde ihm von der Regierung abgeschlagen, obwohl er sich bereit erklärte, ein Viertel der Baukosten als Bürgschaft für die Ausführung des Planes zu hinterlegen. 1848 wurde Brons von dem Wahlkreise Emden in die Frankfurter Nationalversammlung gewählt, und gehörte in ihr, wie die meisten hannoverschen Abgeordneten, der erbkaiserlichen Partei an. Er unterzeichnete gleichfalls den Aufruf der hannoverschen Deputirten vom 1. Mai 1849, für die Durchführung der Frankfurter Reichsverfassung einzutreten. In der Paulskirche nahm er an den Berathungen des volkswirthschaftlichen und des Marine-Ausschusses lebhaften und hervorragenden Antheil, ging auch als Commissär des Reichsministeriums nach Hamburg, um die Schiffe der deutschen Flotte zu übernehmen. Im Juni 1849 nahm er an der von Heinrich von Gagern berufenen Versammlung von Mitgliedern der Nationalversammlung in Gotha Theil, die nach dem Scheitern der Durchführung der Frankfurter Reichsverfassung für das Dreikönigsbündniß eintraten. 1852 und 1854—1855 bis zu dem Verfassungsbruch war er einer der 10 Abgeordneten der damaligen Ersten Kammer, die für Handel und Gewerbe gewählt wurden. 1857 von der Stadt Emden zum Mitgliede der Zweiten Kammer gewählt, wurde die Wahl von dem Ministerium Borries beanstandet, weil Brons Mennonit sei. Die liberale Minorität der Zweiten Kammer bekämpfte diesen Ausschließungsgrund erfolglos; ihr Redner war R. v. Bennigsen, der in dieser Session seine parlamentarische Thätigkeit begann. Die Majorität der Zweiten und die Erste Kammer billigten das Vorgehen der Regierung. 1861 von der Stadt Emden zum bürgerlichen Senator gewählt, wurde ihm die Bestätigung verweigert, „weil er sich bei Schritten und Bestrebungen betheiligt, welche sowohl gegen die Rechte des Königs, als gegen die Selbständigkeit des Königreichs gerichtet seien". Brons war nämlich dem Nationalverein beigetreten. Bei den ersten Wahlen zum Reichstag des Norddeutschen Bundes im Februar 1867 war Brons im Wahlkreise Emden aufgestellt. Die erste Wahl ergab kein definitives Resultat, sondern machte eine engere Wahl zwischen Brons und dem jetzigen Geh. Justizrath von Ihering nothwendig. In dieser siegte Brons mit geringer Majorität. Im Reichstag schloß er sich der national-liberalen Partei an, lehnte dann aber eine Wiederwahl ab.

**Aus dem Hannoverschen, 17. März.** Am [...]d. Mts. ist der wahrscheinlich letzte hannoversche [...]svertreter aus der frankfurter Nationalver[...]mlung, der Com.-Rath Isaac Brons, in [...]em 84. Lebensjahre aus dem arbeitsvollen und [...]lgreichen Leben geschieden. Er, so wie sein [...] lebender Bruder Bernhard haben neben [...]n umfangreichen kaufmännischen Geschäften [...] für öffentliche Angelegenheiten ein frucht[...]gendes Interesse entwickelt und nicht blos in [...]friesland und unserer Provinz, sondern weit [...]über hinaus sich anerkennenswerthe Verdienste [...]orben. Als Mennonit trat er schon 1837 in [...] Kampf mit der verfassungsbrüchigen hanno[...]schen Regierung, die ihn nicht in das Bürger[...]stehercollegium in Emden eintreten ließ, weil das Ehrenamt eines britischen Viceconsuls be[...]dete. Seiner treuen unerschütterlichen ge[...]ßigt liberalen Gesinnung wegen scheiterten [...] seine Bemühungen für eine Eisenbahn[...]cession, durch die er das mit dem deutschen [...]terlande kaum im Verkehr stehende Ostfries[...]d zugänglich machen wollte, die damalige Re[...]rung schob überall politische Bewegungen zum [...]aden des Landes vor, wie sie den Verstorbenen [...] nicht als Senator von Emden 1861 bestätigte, [...]l er sich „bei Schritten und Bestrebungen be[...]ligt, welche sowohl gegen die Rechte des Königs, [...] gegen die Selbstständigkeit gerichtet seien." [...] worin bestanden diese Schritte? Brons [...] in den von R. v. Bennigsen geleiteten [...]tschen Nationalverein, dessen Mitglieder bis [...] Sturze des Grafen Borries (1863) voll[...]dig verfehmt waren. Dieses rücksichtslose [...]rgehen der hannoverschen Regierung brachte [...]e damals um[...] und Achtung der [...]ebildeten, welche Thatsache wir einmal in Er[...]nerung für die jüngere Generation zu bringen [...]ir angezeigt halten. 1848 wählte das Volk [...]rons in die Nationalversammlung, in welcher [...] eifrig an den Arbeiten bei volkswirthschaftlichen [...]usschüssen Theil nahm. 1849 ging Brons mit [...]ch Gotha, trat 1852—55 in die erste hanno[...]ersche Kammer, als Vertreter für Handel und [...]ewerbe. Selbstverständlich wahrte er sich [...]gen den Bruch der zwei mal vom Könige be[...]schworenen Landesverfassung, und bewirkte dadurch, daß er 1857 von der Willkürregierung Borries nicht in die zweite Kammer zugelassen wurde, weil er Mennonit sei! 1867 siegte Brons bei der Wahl zum norddeutschen Reichstage, worin er zur nationalliberalen Partei gehörte. Aelter geworden, zog der verdienstvolle deutsche Mann sich aus dem öffentlichen Leben nach und nach zurück und überließ bis zum vorigen Jahre seinem jüngeren Bruder Bernhard die Vertretung Emdens im preußischen Abgeordnetenhause. Der Name Isaac Brons wird in vielen Kreisen unvergeßlich bleiben und sein Grab verdient das Lorbeerreis, das von seiner zahlreichen Nachkommenschaft und allen deutschen Ostfriesen darauf gelegt werden wird.

*„* **Emden, 20. März.** **Die Theilnahme** an dem Tode unseres ausgezeichneten Mitbürgers, des Kaufmanns Ysaac Brons, ist ganz allgemein. Brons wurde zu Emden (nicht Jever, wie anderweitig berichtet) am 3. April 1802 geboren und starb hier am 12. März 1886. Er gehörte einer alten Kaufmannsfamilie an und gründete die Firma J. & B. Brons im Jahre 1836. Von lebhaftem Interesse für das Gemeinwohl beseelt, erwarb er sich durch seine Intelligenz, Thatkraft und Redlichkeit das Vertrauen und die Hochachtung seiner Mitbürger in weiten Kreisen. 1837 wurde er zum Bürgervorsteher gewählt. Schon früh war er beitrebt, Emden und Ostfriesland eine Eisenbahnverbindung mit Westfalen zu verschaffen. 1845 gab er eine Schrift darüber heraus und suchte die Concession zum Bau einer solchen Bahn für eine Actiengesellschaft von der hannoverschen Regierung zu erlangen, indem er in Gemeinschaft mit Berliner und Hamburger Firmen durch seine Firma die Beschaffung des Actiencapitals und der erforderlichen Caution zusicherte. Die hannoversche Regierung, welche dem Staatsbahnsystem anhing, lehnte die Concessionsertheilung ab, ohne zunächst selbst zum Bau der Bahn zu kommen, sehr zum Nachtheile des Emshandels. 1848 wurde er für den Wahlkreis Emden einstimmig zum Mitgliede der Nationalversammlung in Frankfurt a. M. gewählt, als welcher er sich derjenigen Partei anschloß, welche in der Errichtung eines erblichen Kaiserthums an der Krone Preußen das einzige richtige Ziel erblickte. Er war Mitglied der Marinecommission und ging als Reichscommissar nach Hamburg, um Schiffe für die deutsche Flotte zu übernehmen. Einen Antrag der Reichsregierung, in gleicher Eigenschaft nach den Vereinigten Staaten zu gehen, lehnte er ab. Im Juni 1849 nahm er an der durch H. v. Gagern nach Gotha berufenen Versammlung von Mitgliedern der deutschen Nationalversammlung Theil, nachdem er Anfang desselben Jahres den Aufruf der hannoverschen Deputirten für die Ausführung der Reichsverfassung mit erlassen hatte. 1861 von der Stadt Emden zum bürgerlichen Senator gewählt, wurde ihm seitens der hannoverschen Regierung die Bestätigung verweigert, weil er sich als Mitglied des Nationalvereins „an Schritten betheiligt habe, welche sowohl gegen die Rechte des Königs, als gegen die Selbständigkeit des Königreichs gerichtet seien." 1867 wurde er in sehr hartem Wahlkampfe gegen Professor v. Ihering im zweiten Wahlgange zum Mitgliede des Reichstags des norddeutschen Bundes gewählt und lehnte dann weitere Wahlen ab. Das Scheitern der großen Bestrebungen des deutschen Volkes im Jahre 1848, für deren Verwirklichung er für seinen Theil wohl mit ruhiger Ueberlegung aber mit Hingabe aller seiner Kräfte eingetreten war, veranlaßte ihn danach, sich aus dem öffentlichen Leben auf wissenschaftliche Studien zurückzuziehen, so daß er auch zu der Candidatur in 1867 nur auf Zureden seiner Freunde sich bereit erklärte. Als im Jahre 1865 unser jetziger Kaiser, König von Preußen, das seinem Hause seit alten Zeiten anhängliche Ostfriesland mit einem Besuche beehrte und in Emden übernachtete, nahm derselbe bei Ysaac Brons Wohnung. Ysaac Brons gehörte der Religionsgemeinschaft der Mennoniten an, über deren Zusammenhang mit den vorreformatorischen Religionsparteien der Waldenser, evangelischen Brüder ꝛc., Dr. Ludwig Keller, Staatsarchivar in Münster, in seinem Werke: Die Reformation und die älteren Reformparteien, Leipzig, S. Hirzel, 1885, ganz neue Aufschlüsse gebracht hat.

*Porträt von Antje,*
*Öl auf Leinwand,*
*das Gemälde wurde von*
*dem Berliner Maler*
*P.E. Gabel geschaffen.*

*Antje aufgebahrt.*

*Familientag in Emden am 21. Oktober 1928 im „Weißen Haus".*

*Die Mennonitenkirche in Norden am Marktplatz.*